CARAMBAIA
10 ANOS

COLEÇÃO
SETE CHAVES

A
COISA
E OUTROS CONTOS

ALBERTO
MORAVIA

TRADUÇÃO MAURÍCIO SANTANA DIAS
POSFÁCIO ELIANE ROBERT MORAES

A palavra-chave aqui é erotismo, a esboçar um convite para se visitar a imaginação libidinosa da moderna literatura produzida nos últimos séculos. Inumeráveis são, assim, as portas e comportas lúbricas que se abrem com estas Sete Chaves, dando acesso a escritos que vão desde os grandes clássicos europeus do gênero até as memórias homoeróticas dos *bas-fonds* sul-americanos, incluindo os eruditos que publicaram obras obscenas sob pseudônimo ou ainda as feministas contemporâneas com sua verve radical e desbocada. Sejam textos aclamados ou expurgados, canônicos ou desconhecidos, graves ou cômicos, em todos eles o que se comemora é, antes de tudo, o poder que a fantasia tem de multiplicar o desejo sexual.

"Toda felicidade humana está na imaginação", diz um libertino do Marquês de Sade, reiterando aquilo que a literatura erótica não cessa de afirmar, a saber, que há tantas chaves para aceder aos domínios de Eros quantos desejos houver a circular no mundo.

Eliane Robert Moraes
curadora da coleção Sete Chaves

13	A coisa
47	Ao deus desconhecido
63	A mulher da capa preta
89	O diabo não pode salvar o mundo
147	A cicatriz da operação
163	O cinto
195	O dono do apartamento
205	Minha filha também se chama Giulia
213	O diabo vai e vem
221	Que me importa o carnaval
231	Aquele maldito revólver
241	Gaguejei a vida inteira
249	As mãos em volta do pescoço
257	A mulher na casa do fiscal de alfândega
267	Posfácio *Eliane Robert Moraes*

A
COISA

E OUTROS CONTOS

Para Carmen

A coisa

Minha querida Nora,

sabe quem encontrei recentemente? Diana. Lembra? Diana, que estudou com a gente no colégio de freiras francesas. Diana, filha única daquele homenzarrão rústico, proprietário de terras na Maremma. Diana, que não chegou a conhecer a mãe, morta ao dar à luz. Diana, sobre quem dizíamos que, de tão fria, branca, limpa, saudável, com seus cabelos louros e os olhos azuis, com aquele corpo de estátua, se tornaria uma dessas mulheres insensíveis e frígidas que às vezes têm uma ninhada de filhos, mas não conhecem o amor.

A lembrança de Diana está curiosamente associada aos inícios de nossa relação, que, por sua vez, se liga a um famoso poema de Baudelaire que "descobrimos" juntas nos anos de colégio, sobre o qual ainda hoje, como na época, discordamos acerca do seu sentido. O poema é "Mulheres malditas". Lembra? Em vez de nos apaixonarmos pelos versos humanitários de Victor Hugo que as boas freiras nos aconselhavam, líamos às escondidas *As flores do mal*, com uma curiosidade ardente que é própria da primeira adolescência (ambas tínhamos treze anos), que está sempre à procura de alguma coisa que ainda não sabe o que é e, no entanto, se sente predestinada a conhecer. Éramos amigas, muito amigas, talvez já algo mais que amigas; mas com certeza não ainda amantes e, assim, quase fatalmente (há uma fatalidade também nas leituras), entre os tantos poemas de Baudelaire, nos fixamos naquele que se chama "Mulheres malditas". Lembra? Fui eu que, na verdade, "descobri" esse poema, eu que o li em voz alta e lhe expliquei os significados, detendo-me a cada passo nos pontos, digamos, fundamentais. Que, por sua vez, eram sobretudo dois. O primeiro está na estrofe: "Meus beijos são sutis como asas erradias/ Que afagam pela tarde os lagos transparentes,/ Mas os de teu amante hão de escavar estrias/ Como as carroças e os arados inclementes"; o segundo, na estrofe: "Maldito para sempre o sonhador inútil/ Que por primeiro quis, em sua insanidade,/ Enfrentando um problema insolúvel e fútil,/ Às delícias do amor juntar a honestidade!"[1]. Onde, como você vê, na

---

1   Na tradução de Ivan Junqueira, in Charles Baudelaire, *As flores do mal*. Rio de Janeiro: Nova Fronteira, 1985, pp. 507 e 509. [TODAS AS NOTAS SÃO DO TRADUTOR.]

primeira estrofe é privilegiado o amor homossexual, tão delicado e afetuoso, em oposição ao amor heterossexual, tão brutal e grosseiro; e na segunda se livra o terreno dos escrúpulos morais, que nada têm a ver com as coisas do amor. É claro que eu mesma, que lhe explicava o poema, só entendia muito imperfeitamente o sentido dessas duas estrofes; mas as entendia o suficiente para escolhê-las entre todas as outras como aquelas que poderiam ajudar minha paixão por você. Para dizer a verdade, essa paixão que hoje é tão exclusiva e consciente teve um início confuso. De fato, foi para Diana que, a princípio, voltei minhas atenções. Como você talvez se lembre, às vezes, quando havia provas de manhã cedo, as alunas externas do semi-internato também costumavam ficar para dormir no colégio. Diana, que costumava passar as noites em casa, numa daquelas noites ficou para dormir no colégio e o acaso quis que sua cama ficasse ao lado da minha. Não tive muitas hesitações, embora, lhe juro, tenha sido a primeira vez; meus sentidos exigiram, e eu obedeci. Então, depois de uma longa e ansiosa espera, me levantei da cama e num ímpeto alcancei a cama de Diana, ergui as cobertas e me insinuei por baixo delas, estreitando-me logo a ela com um lento e irresistível abraço, assim como uma serpente que sem pressa envolve em suas espirais os galhos de uma bela árvore. Diana decerto acordou, mas, em parte por seu caráter letárgico e passivo, em parte, talvez, por curiosidade, fingiu que continuava dormindo e me deixou fazer. Vou lhe dizer a verdade: quando notei que Diana parecia concordar, senti o mesmo impulso voraz de uma faminta diante da comida e tive vontade de devorá-la com beijos e carícias. Mas logo em seguida me impus uma espécie de ordem e passei a deslizar sobre seu corpo supino e inerte, de cima para baixo; da boca, que rocei com meu lábios (meu desejo, por que negar?, ia para a "outra" boca), aos seios, que descobri e beijei com cuidado; dos seios ao ventre, sobre o qual minha língua, lesma apaixonada, deixou um lento rastro úmido; do ventre descendo até o sexo, último e supremo alvo daquele meu passeio, o sexo que pus à minha mercê, agarrando seus joelhos com as duas mãos e abrindo suas pernas. Diana continuou fingindo que dormia, e eu me lancei com avidez em meu alimento de amor e não parei senão quando as coxas se apertaram convulsivamente em minhas bochechas como as tenazes de uma armadilha de fresca e musculosa carne juvenil.

Mas minha ousadia encontrou um limite na inexperiência. Hoje, depois de ter provocado um orgasmo em minha amante, refaria o caminho inverso, do sexo ao ventre, do ventre aos seios, dos seios à boca, e me abandonaria, depois de tanto furor, à doçura de um tenro abraço. No entanto eu ainda era muito inexperiente, ainda não sabia amar e, além disso, temia a surpresa de uma freira suspeitosa ou de uma aluna insone. Então saí de baixo das cobertas de Diana pelo lado dos pés e, sempre no escuro, voltei para minha cama. Eu ofegava, tinha a boca repleta do doce fluido sexual, estava feliz. Mas no dia seguinte me aguardava uma surpresa que, no fundo, eu deveria ter previsto depois do sono fingido e obstinado da primeira amante de minha vida: quando me viu, Diana se comportou como se nada tivesse ocorrido entre nós; fria e serena como de costume, manteve durante todo o dia uma atitude não hostil ou perturbada, apenas completa e perfeitamente indiferente. Veio a noite, nos deitamos de novo uma ao lado da outra; a altas horas, deixo minha cama e começo a entrar na de Diana. Mas a garotona robusta e esportiva estava acordada. Assim que me insinuo sob as cobertas, um violento empurrão me desloca e me faz cair estatelada no piso. Naquele momento tive como uma espécie de iluminação. Sua cama, Nora, também ficava ao lado da de Diana, mas na parte oposta. De repente eu disse a mim mesma que você não podia não ter ouvido, na noite anterior, a agitação rumorosa do meu amor e agora me esperava. Assim, foi com a segurança de quem vai a um encontro marcado que me arrastei até sua cabeceira. E, como eu havia previsto, você não me rejeitou. Assim nosso amor começou.

Agora vamos voltar a Baudelaire. Então nos tornamos amantes, mas com certas precauções que chamarei de rituais, impostas por você, sempre um pouco hesitante e assustada. Para fazer sua vontade, você me pediu e eu aceitei que só faríamos amor em duas ocasiões precisas:

no colégio, de noite, nas raras vezes que dormiríamos lá; ou em minha casa, quando sua mãe, uma viúva bonita e mundana, ia aos fins de semana para Roma com o amante e então permitia que você dormisse lá. Salvo nessas duas circunstâncias, nossas relações deveriam ser castas. Na época, mesmo aceitando, eu não conseguia achar uma explicação para esse singular planejamento; agora, com o tempo, entendi: você estava obcecada por aquela moral mencionada por Baudelaire e, para apaziguar seu sentimento de culpa, queria que entre nós tudo se passasse como em um sonho sonhado entre dois sonos, tanto em minha casa quanto no colégio. Do mesmo modo, você nunca se habituou inteiramente ao nosso relacionamento, nunca o aceitou de fato como um modo de vida definitivo e estável. E quero aqui citar mais uma vez Baudelaire, que em outra estrofe fornece uma perfeita descrição de sua atitude em relação a mim. Aqui está a estrofe: "Os olhos já sem viço, o preguiçoso pranto/ O ar exausto, o estupor, a lúbrica moleza,/ Os braços sem ação, como armas vãs a um canto,/ Tudo afinal lhe ungia a tímida beleza.// Posta a seus pés, serena e cheia de alegria,/ Delfina lhe lançava à carne olhos ardentes,/ Como o animal feroz que a vítima vigia,/ Após havê-la antes marcado com seus dentes"[2].

2   Ibidem, p. 505.

Segundo você, eu seria Delfina, a tirana "serena e cheia de alegria", e você, Hipólita, a pobre criatura devastada por meu desejo, a presa "marcada" por meus dentes. Essa ideia bizarra lhe inspirava um invencível medo que, mais uma vez, Baudelaire descreveu perfeitamente: "Sinto pesarem sobre mim graves terrores/ E negros batalhões de fantasmas dispersos,/ Que querem conduzir-me a fluidos corredores/ Num sanguíneo horizonte em toda parte imersos"[3]. Tudo isso, claro, é dito de maneira romântica, de acordo com a época; mas reflete muito bem a aspiração à assim chamada "normalidade", que a obcecava depois de dois anos do nosso amor. Curiosamente, essa aspiração assumiu em você a forma de uma violenta intolerância à sua virgindade. Eu também era virgem, como sou até hoje, graças a Deus, e não sentia nenhuma intolerância a uma condição natural que não me impedia em nada de ser uma pessoa, aliás, uma mulher completa. Já você, lembra?, parecia cada vez mais convencida de que algo a impedia de viver completa e livremente; e esse algo você identificava na virgindade, da qual dizia que, se nosso amor prosseguisse, você nunca poderia se libertar. A propósito, recordo uma frase sua que me ofendeu: "Vou envelhecer ao seu lado, vou me tornar aquela

3   Ibidem, p. 509.

triste personagem que é a solteirona virgem que se arranja com mulheres".

Em um daqueles dias Diana, com quem mantive amizade mesmo depois dos anos de colégio, nos convidou para passar o fim de semana com ela em sua *villa* na Maremma. Viajamos de trem até Grosseto; na estação, Diana e o pai nos esperavam com o carro. O pai dela, alto, corpulento, barbudo, estava vestido de vaqueiro, com o sobretudo de lã vermelha, culotes de veludo cotelê e botas de couro cru; Diana, menos rústica, usava um suéter branco e calças verdes de equitação metidas em botas pretas. Percorremos cerca de uma hora, subindo e descendo por colinas nuas sob um sol suntuoso, que não esquentava; era inverno, um dia de tramontana. Chegamos por uma estrada barrenta ao alto de uma colina, onde havia uma espécie de casa de campo bem rústica; enfim, o oposto da *villa* aristocrática que esperávamos encontrar. Em volta da casa não havia jardim, mas um solo todo lamacento e pisado como o terriço de uma arena de cavalos. Estes, que com seus cascos haviam reduzido o terreno àquele estado, pastavam naquele momento pelos campos sob a casa, e eu contei seis deles. Mas, assim que Diana e o pai reapareceram, lá estavam eles subindo a encosta e vindo ao seu encontro, mais como cães que como cavalos. Diana e o pai lhes fizeram carinhos e depois nos convidaram a entrar na casa e esperá-los ali: tinham que ir a cavalo ver alguns arrendatários. Subiram na sela e se afastaram; nós fomos nos sentar na sala de estar, diante de um fogo chamejante dentro de uma grande lareira. Lembra? Você me falou depois de um longo silêncio: "Viu Diana? Fresca, branca e avermelhada, limpa, a própria imagem da saúde física e moral". De repente me ofendi pela recriminação implícita em suas palavras: "O que você quer dizer? Que eu a impeço de ser como Diana, física e moralmente saudável?". "Não, eu não disse isso. Só falei que gostaria de ser como ela e que de algum modo a invejo."

Encerramos, Diana e o pai voltaram; comemos bistecas à florentina assadas diretamente nas chamas da lareira; então, depois do café, o pai saiu de novo e nós três subimos para repousar em um cômodo do segundo andar. Mas não repousamos, começamos a papear, as três estendidas em um enorme leito matrimonial. Não quero me deter nos preâmbulos; só me lembro de que, a certa altura, você desandou a falar do problema que a obcecava: a virgindade. Então ocorreu algo extraordinário: com sua voz límpida e tranquila, Diana nos informou que ela já tinha resolvido aquele problema e, de fato, fazia uns meses não era mais virgem. Você perguntou com maldisfarçada inveja como ela fizera, quem se prestara a lhe fazer aquele serviço. Com candura, ela respondeu: "Quem? Um cavalo". Você exclamou estupefata: "Desculpe, mas um cavalo não é grande demais?". Diana começou a rir; depois nos explicou que o cavalo era apenas a causa indireta de seu desvirginamento. De fato, aconteceu que, de tanto cavalgar, num daqueles dias ela percebeu como uma espécie de rasgo sutil e doloroso na virilha. Depois, ao voltar para casa, encontrou manchas de sangue na calcinha. Enfim, o desvirginamento tinha ocorrido sem que ela quase o notasse, por causa de seu hábito de montar na sela com as pernas separadas.

Depois daquele passeio na Maremma, as coisas entre nós duas mudaram bem depressa. Uma espécie de embaraço desceu sobre nós; você começou a sair com um homem, um advogado sulista, um belo homem de seus quarenta anos; e eu não a vi mais, só de passagem, até porque tínhamos terminado o colégio e, quanto à sua mãe, ela se separara do amante e passava os fins de semana em casa com você. Passou um ano, e você me anunciou seu casamento com o advogado. Três anos depois, com apenas vinte anos, você se separou do marido por "incompatibilidade de caráter", pelo que me disse sua mãe ao telefone. Voltou a morar com ela; eu, por minha vez, voltei à sua vida e recomeçamos nosso caso amoroso, ainda que às escondidas e com muitas precauções. Finalmente, após dois anos de amor clandestino, tiramos a máscara, como se diz, e passamos a viver juntas, felizes e em liberdade, na casa em que até hoje moramos.

Agora você deve estar se perguntando por que misturei Baudelaire e Diana à nossa história. Digo de pronto: porque, no fundo, você continua se identificando com Hipólita e insiste em me ver como Delfina; a primeira, vítima e súcuba, e a segunda, tirana e cruel. Ou seja, continua nos vendo, talvez não sem alguma satisfação masoquista, como duas "mulheres condenadas". E, no entanto, não, não é assim. Não somos nem um pouco duas mulheres condenadas; somos duas mulheres corajosas, que se salvaram da danação. Você perguntará: qual danação? E eu respondo: a da escravidão ao membro masculino; isto é, fomos salvas de uma ilusão de normalidade que, hoje, depois de sua malfadada experiência matrimonial, você sabe perfeitamente que é fruto da imaginação.

Vamos agora a Diana. Meu encontro com ela, depois de dois anos que não a via, me deu a oportunidade de deparar precisamente com aquela dupla de mulheres a quem se aplica o epíteto baudelairiano de "condenadas". Você deve saber que Diana não está mais sozinha há um bom tempo; juntou-se em um relacionamento aparentemente semelhante ao nosso com uma tal Margherita, que nunca vi, mas que você, ao que parece, conhece, porque certa vez, não me lembro mais em que ocasião, você me falou sobre ela e a definiu como "horrenda". Você dirá: tudo bem, é uma mulher horrenda; mas você mesma diz que ela está unida a Diana por um laço semelhante ao nosso; então onde está a danação? Respondo: devagar, eu disse "aparentemente" semelhante ao nosso; na realidade, descobri que Diana e a amiga se tornaram fervorosas adoradoras do membro, e ainda por cima de uma maneira, por assim dizer, multiplicada. Mas não quero me antecipar ao meu relato. Basta saber que a sujeição delas avançou muito além do humano, numa zona obscura que nada tem a ver com a humanidade, nem sequer com aquela cega e brutal que é própria da agressão masculina.

Foi assim. Depois de sua partida para os Estados Unidos, num desses dias me chega uma carta com o carimbo de uma cidade não distante de Roma. Olhei o final e vi a assinatura de Diana. Então li a carta. Era breve, escrita assim: "Querida, minha querida Ludovica, você sempre foi tão boa comigo, tão séria e inteligente, que agora, vendo-me em uma situação difícil, imediatamente pensei em você. Sim, você é a única que pode me entender, a única que pode me salvar. Peço-lhe e imploro, por favor, me ajude, sem você sinto que não vou conseguir, que serei maldita para sempre. Vivo no campo, a pouca distância de Roma; venha me encontrar com um pretexto qualquer, por exemplo, o de que fomos colegas de escola. Mas venha logo. Até muito breve, então. Sua Diana, que nunca a esqueceu durante todos esses anos".

Devo lhe dizer que a carta me causou uma estranha sensação. Tinha sempre em mente, de cor, o poema de Baudelaire que tanto nos fizera discutir sobre a maldição; e eis que Diana, naquela carta, também usava a palavra "maldita", reforçando-a até com um desesperado "para sempre". A palavra era forte, muito mais forte que no poema de Baudelaire, escrita afinal de contas em outra época; não era apenas forte, mas também desproporcional

24

a uma relação de amor, ainda que infeliz. Claro, podia até ser que Diana escrevesse "maldita" por não conseguir romper os laços com a "horrenda" Margherita. Mas naquela palavra havia algo mais que a ânsia de se libertar de uma servidão sentimental insuportável: alguma coisa de obscuro e indecifrável.

Então imediatamente telefonei para Diana, no campo, discando o número que estava escrito na carta; fingi, como me havia sido aconselhado, querer celebrar um assim chamado "reencontro"; e fui prontamente convidada para o almoço do outro dia. Na manhã seguinte, entrei no carro e fui em direção à *villa* de Diana.

Cheguei pouco antes da hora do almoço. Meu carro entrou por uma cancela aberta, percorreu uma alameda de loureiros, desembocou na clareira de um bem-cuidado jardim à italiana, com canteiros verdes e caminhos de cascalho, em frente a uma *villa* de belo aspecto, de dois andares. Parei diante da porta; não tive tempo de sair do carro e tocar a campainha; a porta se abriu, e Diana apareceu como se estivesse à espreita no vestíbulo, esperando minha chegada. Usava roupa de banho, com os seios nus por causa do calor do verão, mas com esta singularidade: em vez de sandálias, calçava botas vermelhas, da mesma cor da roupa. A um segundo olhar, porém, pude vê-la melhor e lhe digo a verdade, quase tive um sobressalto de espanto ao constatar quanto ela havia mudado, e de que maneira. No instante em que a olhei,

25

fiz uma espécie de inventário relâmpago de tudo o que antes havia em sua pessoa e que agora faltava. Sua formosura visível e expressiva tinha desaparecido: em lugar dos seios poderosos, duas mamas que mal despontavam; em lugar do ventre arredondado e nutrido, uma depressão plana esticada entre os dois ossos salientes da bacia; em vez das belas pernas musculosas, duas hastes desconjuntadas. Mas a maior mudança estava no rosto: branco e abatido, dele saltavam os olhos azuis tornados enormes pela magreza e marcados, embaixo, por duas olheiras de exaustão sexual; e a boca, antigamente de um rosa natural e nunca maquiada, agora pessimamente realçada por um batom borrado cor de gerânio. De resto, de toda a sua pessoa emanava um estranho ar de liquefação, como de vela consumida pela chama. Dava a impressão de não estar apenas magra, mas dissolvida. Exclamou em tom alegre: "Ludovica, finalmente! Fiquei esperando você desde que amanheceu!"; então me dei conta de que não reconhecia nem sua voz: eu a recordava clara, metálica; estava rouca e abafada. Tossiu, e então vi que entre os dois longos dedos esqueléticos segurava um cigarro aceso.

Nos abraçamos; depois ela me disse com ar casual, que me pareceu contrastar com o tom desesperado e urgente de sua carta: "Margherita foi à cidade, volta daqui a pouco. Enquanto isso venha comigo, vou lhe mostrar a casa, começamos pela estrebaria. Há alguns cavalos realmente estupendos. Você gosta de cavalos, não é?".

Assim falando, sem esperar a resposta, seguiu à minha frente através do jardim, de uma alameda a outra, rumo a uma construção comprida e baixa que até ali eu não havia notado. A fila de janelas estreitas me fez entender que se tratava de uma estrebaria. Diana caminhava lentamente, de cabeça baixa, levando de vez em quando o cigarro à boca, como quem medita sobre algo preciso. Ao final, porém, o resultado daquela meditação foi escasso. Anunciou: "Há seis cavalos e um pônei. Os cavalos são puros-sangues, bem diferentes daqueles de meu pai. Já o pônei é simplesmente uma maravilha".

Chegamos ao portão da estrebaria e entramos. Deparei com um longo e estreito ambiente retangular, com cinco baias de um lado e cinco do outro. Os cavalos elogiados por Diana ocupavam seis baias e, embora eu não entenda muito disso, logo notei que eram animais muito bonitos, dois brancos, um ruano e três marrons. Lustrosos e esbeltos, davam uma impressão de luxo nas baias limpas e revestidas de lajotas esmaltadas. Diana parou diante de cada cavalo, nomeando-os um a um e me fazendo notar suas qualidades, enquanto os acariciava; mas tudo isso de modo muito distraído. Então se aproximou do pônei que, pela baixa estatura, eu ainda não tinha notado e falou em tom destacado e leve: "Mas este é meu preferido. Venha vê-lo". Enquanto falava, entrou na baia; eu a segui com curiosidade. O pônei, de cor marrom-clara como um cervo, com a cauda e a crina louras, estava parado, como meditando, sob o dilúvio dos longos pelos da crina. Diana começou a louvar sua beleza e, enquanto falava, ia acariciando o flanco do animal. Então tive a estranha impressão de que Diana me falava no vazio, só por falar, e que, mais que a ouvir, eu deveria observá-la, porque o que ela fazia era mais importante do que aquilo que dizia. Muito naturalmente meus olhos pararam sobre a longa mão magra e branca, de dedos finos e unhas escarlates afiadas, que ela passava e repassava sobre o flanco fremente do animal. E assim não me escapou o fato de que, a cada carícia, a mão descia um pouco mais, em direção à barriga do pônei. Entretanto, com uma pressa estranha e quase histérica, ela continuava falando; mas eu não só não a escutava, agora nem sequer a ouvia. Em vez disso olhava, como isolada por uma repentina surdez, para a mão lenta e incerta, e mesmo assim animada por não se sabe qual intenção, que agora avançava para bem perto do sexo do pônei, todo fechado em sua bainha de pelo castanho. Houve mais duas ou três carícias, depois a mão fez um desvio quase mecânico, pousou francamente sobre o membro e, após um momento de hesitação, o encerrou entre os dedos. Então, como se de golpe eu me libertasse de minha transitória surdez, ouvi de repente Diana, que dizia: "É meu preferido, não vou negar, mas eu devia lhe dizer algo mais que, no entanto, não sei como falar. Digamos que é meu preferido porque com ele acontece 'a coisa'. Por essa 'coisa' é que estou aqui, por essa mesma 'coisa' eu lhe escrevi".

Agora ela estava muito colada ao pônei, não dava para entender o que fazia; então vi com clareza que seu braço esticado sob a barriga do animal ia e vinha para a frente e para trás, e deduzi logicamente, mas não sem incredulidade, que Diana estava masturbando o pônei. Enquanto isso, falava e falava como acompanhando com a voz o ritmo da carícia: "O que eu chamo 'a coisa' não é tanto ele, mas o que eu e Margherita fazemos com ele. De resto, sobre ele eu deveria dizer como certas mulheres: meu namorado, meu homem. Sim, porque, como Margherita não para de me repetir, não há nenhuma diferença entre ele e um homem, nenhuma mesmo. Claro, ele tem cabeça, corpo e pernas diferentes das de um homem; mas ali ele é feito tal e qual um homem, exceto talvez pela grossura que, no entanto, segundo Margherita, não é um defeito, aliás, ao contrário, em certos momentos é uma vantagem. Não se envergonhe, pode olhá-lo, e me diga se não é uma verdadeira beleza, me diga, não é verdade que ele é bonito?". Subitamente o pônei empinou, erguendo-se reto sobre as patas traseiras e dando um longo e sonoro relincho; Diana estava pronta para amansá-lo com palavras e carícias; eu saí da baia. Em meu rosto devia haver uma expressão eloquente, porque Diana interrompeu o fluxo de sua fala e murmurou em voz baixa, como falando ao pônei: "Vamos, não se excite, seu porco"; então, com um tom diferente, de quem de repente implora, me chamou: "Ludovica!". Eu estava indo embora; tocada pelo som de

29

sua voz, me detive. "Ludovica, eu lhe escrevi porque caí numa armadilha, em uma autêntica armadilha, uma armadilha infame, da qual apenas você pode me tirar." Comovida, balbuciei: "Farei o que puder". "Não, Ludovica, não o que puder, mas uma coisa específica: me levar embora daqui, hoje mesmo." "Se quiser, pode vir comigo." "Mas você precisa insistir, Ludovica, porque eu sou covarde, tão covarde que no último momento posso recuar." Falei um tanto entediada: "Tudo bem, vou insistir". Ela continuou, como se falasse para si: "Vamos almoçar e depois me despeço de Margherita e você me leva embora". Eu não disse nada, apenas saí depressa da estrebaria, caminhando à sua frente.

Diana me alcançou no jardim, me agarrou o braço com força, recomeçou a falar. Mas eu não escutava. Recordava sua afirmação inacreditável e no entanto lógica, segundo a qual "o pônei era seu homem"; e não podia deixar de dizer a mim mesma que a sujeição de tantas mulheres ao membro, no caso de Diana, se verificava em uma confirmação caricatural, transformando a assim chamada "normalidade", à qual você antigamente aspirava, em algo de paródico e monstruoso. Sim, Diana e a amiga tinham se unido não para se amar, como nós duas, mas para adorar no pônei o eterno falo, símbolo de degradação e escravidão. Depois me lembrei de nossas polêmicas sobre o poema de Baudelaire e disse a mim mesma que Diana e Margherita, elas sim, eram as "mulheres malditas" de que falava o poeta, não nós duas, como em seus momentos de dúvida e mau humor você se obstina em nos considerar. Voltou-me à memória a conclusão do poema: "Descei, descei agora, lamentáveis vítimas", e tive a certeza de que ele falava não de nós duas, em nada vítimas, mas da miserável Diana e de sua "horrenda" Margherita. Na verdade, elas eram vítimas de si mesmas seja porque não podiam deixar de se prostrar diante do macho, seja porque, acima de tudo, fingiam se amar para melhor esconder sua perversão, e assim, com essa indigna comédia, profanavam o amor puro e afetuoso que poderia torná-las felizes.

Diana, no entanto, dizia: "Vou ficar provisoriamente em sua casa. Assim Margherita vai pensar que nos amamos e me deixará em paz". Então respondi quase com fúria: "Não, em minha casa, de jeito nenhum. E tire a mão de meu braço".

Ela se queixou: "Por que todos são tão cruéis comigo? Até você, agora".

"Não posso esquecer que agora há pouco, com essa mesma mão, você apertava aquela 'coisa'. Mas como pôde?"

"Foi Margherita. Ela me convenceu aos poucos. Depois, um dia, me fez uma chantagem."

"Mas qual chantagem?"

"Ou você faz 'a coisa', ou nos separamos."

"E então? Aquele era o momento certo de ir embora."

"Deixá-la me pareceu impossível. Eu a amava, pensei que seria apenas uma vez, assim: um capricho."

"Mas onde Margherita está?"

"Olhe ela ali."

Levantei os olhos e então vi Margherita. Pensei de imediato em seu adjetivo tão decidido: "horrenda"; depois a observei longamente, como para encontrar nela uma confirmação do seu julgamento. Sim, Margherita era mesmo "horrenda". Estava sob o pórtico da *villa*, ereta, as pernas afastadas, as mãos nos quadris. Alta, corpulenta, de camisa xadrez, o cinto com uma grande fivela, calça de polo branca, botas pretas; não sei por que, talvez por sua postura arrogante, me lembrou o pai de Diana como eu o tinha visto naquela vez, no campo, em sua casa de fazenda. Olhei-a no rosto. Sob a massa redonda dos cabelos castanhos e crespos, a testa insolitamente baixa descia como um elmo sobre dois pequenos olhos encavados e penetrantes. O minúsculo nariz achatado e a boca proeminente, mas de lábios finos, faziam pensar no focinho de certos primatas. Resumindo, uma gigante, uma atleta de luta livre feminina, dessas que na TV se veem agarrar pelos cabelos, desferir pontapés na boca, dançar com os pés juntos sobre o estômago da adversária.

Deixou que fôssemos até ela e então exclamou com uma cordialidade que me pareceu falsa e premeditada: "Você é Ludovica, não é? Bem-vinda à nossa casa, sinto que nos tornaremos amigas, logo pensei nisso quando a vi, bem-vinda, bem-vinda". A voz era parecida com a pessoa: aparentemente jovial, mas no fundo fria e imperiosa.

A voz de uma diretora de escola, de uma abadessa, de uma enfermeira-chefe.

Naturalmente nos abraçamos; e então, para meu espanto, me dei conta de que Margherita tentava transformar o abraço de hospitalidade em um beijo de amor. Seus lábios proeminentes deslizaram, úmidos e tenazes, da bochecha para a boca; desviei quanto pude o rosto, mas ela me apertava firmemente entre seus braços poderosos, e assim não pude evitar que a ponta de sua língua penetrasse por um instante no canto da minha boca. Atrevida, satisfeita, ela então deu um passo para trás e perguntou: "Pode-se saber onde vocês estavam? Na estrebaria, é óbvio! Diana lhe mostrou sua paixão, aquele pônei louro? É bonito, não é? Mas venham para dentro, está pronto, está pronto!".

Entramos na casa. Lá estávamos em uma sala convencionalmente rústica, com vigas pretas no teto, paredes caiadas, lareira de pedra serena e móveis maciços e escuros, mas não antigos. Uma das mesas compridas e estreitas, chamadas de refeitório, parecia posta em uma das extremidades, com talheres para três pessoas. Em suma, imagine o quadro. Agora não vou lhe contar o que falamos durante o almoço; na verdade, apenas Margherita falava, dirigindo-se somente a mim e como excluindo Diana da conversa. De que Margherita falava? Como se diz, falava disso e daquilo, ou seja, de coisas insignificantes; mas, enquanto isso, não cessava um só momento de me fazer entender os sentimentos de fato espantosos, pela instantaneidade e imprevisibilidade, que havia alguns minutos parecia nutrir por mim. Me fixava com aqueles pequenos olhos encavados, brilhantes e como inflamados por não sei que bestial concupiscência; debaixo da mesa, suas duas enormes panturrilhas me apertavam a perna em um torniquete; tinha chegado ao ponto de estender a mão gorducha e, com a desculpa de olhar o amuleto que trago pendurado ao pescoço, acariciar meu seio exclamando: "Como nossa Ludovica é linda, não é, Diana?". A outra não lhe respondeu; torcia a grande boca como num esgar de dolorosa perplexidade; desviou os olhos de mim e os dirigiu para a lareira. Então Margherita lhe disse com brutalidade: "Olhe aqui, eu falei com você, por que não me responde?". "Não tenho nada a dizer." "Puta, diga você também que Ludovica é linda." Diana me olhou e repetiu mecanicamente: "Sim, Ludovica é linda". Enquanto isso, durante essa cena constrangedora, eu tentava liberar minha perna das panturrilhas de Margherita, mas sem conseguir. Era de fato como ter posto o pé numa armadilha; aquela mesma armadilha "infame" de que Diana me falara na estrebaria.

Comemos um excelente presunto com melão, bistecas na brasa e um doce de sobremesa. Depois do doce, Margherita fez o que os *speakers* fazem ao final de um banquete: bateu três vezes o garfo na mesa. Olhamos para ela espantadas. Então falou: "Preciso anunciar uma coisa importante. Anuncio agora porque Ludovica está aqui, e assim poderá testemunhar que falei a sério. Então, a partir de hoje, coloquei esta casa à venda".

Em vez de Margherita, olhei para Diana, a quem obviamente o anúncio se dirigia. Contorcia a boca mais do que nunca, e então perguntou: "O que isso significa: vender a casa?".

"Encarreguei uma imobiliária. A partir de amanhã vai sair um anúncio em um jornal de Roma. Vou vender toda a propriedade, inclusive os terrenos que circundam a casa. Mas não vendo os cavalos, esses não."

Diana perguntou um tanto mecanicamente: "Vai levá-los para outra casa?".

Margherita ficou calada por um momento, como para sublinhar a importância daquilo que estava para dizer, e então explicou: "Minha nova moradia será um apartamento em Milão: por maior que seja, não vejo como poderia abrigar sete cavalos. Por outro lado, eu os amo demais e não teria ânimo de sabê-los nas mãos de outras pessoas. Poderia deixá-los livres, em estado selvagem, mas isso infelizmente não é possível. Então vou sacrificá-los. No fim das contas, são de minha propriedade, posso fazer com eles o que quiser".

"Vai matá-los de que maneira?"

"Da maneira mais humana: com uma pistola."

Houve um longuíssimo silêncio. Aproveito esse silêncio, minha querida, para lhe dizer o que imediatamente pensei das declarações de Margherita. Pensei que eram falsas e infundadas, no sentido de que constituíam uma espécie de jogo entre Margherita e Diana. Margherita não tinha nenhuma intenção de vender a casa, muito menos de matar os cavalos; por sua vez, Diana não acreditava que a amiga falasse a sério. Mas, por algum motivo, Margherita precisava ameaçar Diana; e Diana, pelo mesmo motivo, precisava mostrar que acreditava nas ameaças. Assim, não fiquei muito surpresa quando Margherita prosseguiu: "Ontem de manhã, Diana me comunicou que tinha a intenção de voltar a morar com o pai. É por isso que decidi vender a casa e sacrificar os cavalos. Mas, se Diana mudar de ideia, muito provavelmente não farei mais nada disso".

Era um convite explícito para que Diana se decidisse. Devo confessar que olhei para ela com alguma ansiedade: embora me fosse claro, como já disse, que tudo não passava de uma escaramuça, no entanto eu não podia deixar de esperar que Diana encontrasse a força de libertar-se de Margherita. Ah, mas essa minha esperança foi logo frustrada. Vi Diana baixar os olhos e depois pronunciar: "Mas eu não quero que os cavalos morram".

"Não quer, ah", Margherita agora parecia se divertir, "não quer, mas na verdade, ao decidir que vai embora, você quer."

Não sei por que, talvez por estupidez, resolvi intervir no jogo delas: "Desculpe, Margherita, mas não é correto:

tudo depende não de Diana, mas de você. Pelo menos no que diz respeito aos cavalos".

Curiosamente, Margherita não se ofendeu. Tomou minhas palavras como uma aceitação minha de um outro jogo, o que ela queria estabelecer entre mim e ela. Disse de modo ambíguo: "Então digamos, cara Ludovica, que tudo depende de você".

"De mim?"

"Se estiver disposta a tomar, mesmo provisoriamente, o lugar de Diana, eu não vendo a casa, não mato os cavalos. Se aceitar, poderia ir hoje mesmo a Roma para pegar suas coisas e Diana aproveitaria para ir embora daqui."

Devo ter feito uma expressão quase assustada, porque ela se corrigiu quase imediatamente: "Vamos ser claras. Eu estou brincando. Mas de todo modo meu convite está valendo, você é simpática, eu gostaria que viesse morar aqui, com ou sem Diana. Então, Diana, você ainda não me respondeu...".

Devo lhe dizer que a esse ponto, se Diana aparentava não ter acreditado muito na ameaça de matar os cavalos, agora a ameaça de ser substituída por mim parecia lhe causar um efeito indiscutível. Ela me observava com aqueles enormes olhos azuis, dilatados sabe-se lá por qual repentina suspeita. Depois disse decidida: "Contanto que os cavalos não morram, estou disposta a fazer qualquer coisa".

"Não qualquer coisa. 'A coisa.'"

Agora, minha querida, a essa altura eu deveria intervir energicamente para tirar Diana das garras da "horrenda" Margherita. Mas, apesar de minha promessa, não o fiz. E por dois motivos: primeiro porque, depois do convite nada brincalhão de Margherita, eu temia que, intervindo, não pudesse salvar Diana senão ao preço realmente muito alto de aceitar substituí-la; em segundo lugar, porque naquele momento eu odiava mais Diana que a própria Margherita. Sim, Margherita era um monstro definitivo e irremediável; mas Diana era pior justamente porque era melhor: uma pessoa inconfiável, fraca, astuta, vil. Você vai dizer que, talvez de modo inconsciente, minha malfadada experiência no colégio influa em meu julgamento. Pode ser. Mas o ódio é um sentimento complicado, feito de elementos heterogêneos; nunca se odeia por apenas um motivo.

Então fiquei calada. Vi Diana olhar para Margherita com expressão tímida e submissa; depois respondeu num sopro: "Tudo bem".

"Tudo bem o quê?"

"Vou fazer o que você quer."

"Hoje mesmo?"

"Sim."

"Agora?"

Diana protestou com uma vulgaridade cúmplice: "Posso pelo menos digerir o almoço?".

"Certo, agora nós três vamos descansar. Você, Diana,

vá para o quarto e me espere lá. Enquanto isso, acompanho Ludovica até o quarto de hóspedes."

"Eu mesma posso acompanhá-la. Afinal de contas, fui eu que a convidei para cá."

"A dona da casa sou eu, então eu acompanho."

"Gostaria de falar com Ludovica."

"Vai falar depois."

O bate-boca se resolveu de modo previsível: Diana, abatida e perplexa, saiu da sala de estar em direção a uma porta que dava provavelmente para outra ala da casa, no térreo, enquanto Margherita e eu subimos juntas ao segundo andar. Margherita seguiu à frente por um corredor, abriu uma porta, e entramos em um quarto de mansarda, de teto inclinado e com uma janela. Eu já me sentia desconfortável pela insistência de Margherita em me mostrar o quarto; o desconforto cresceu quando a vi girar a chave na fechadura da porta. Objetei imediatamente: "Por quê? O que você está fazendo?".

Margherita não perdeu o controle: "Porque é bem capaz que aquela vagabunda venha nos encher o saco de repente".

Não falei nada. Margherita se aproximou e, com um gesto leve e desenvolto, passou o braço em volta de minha cintura. Lá estávamos nós duas, quase abraçadas de pé, sob o teto baixo da mansarda. Margherita continuou: "É ciumenta, mas dessa vez tinha razão de ser. Ela me falou muito de você, me contou tudo: o colégio, você indo encontrá-la à noite, ela que fingia dormir. Fiz uma certa

39

imagem de você, naturalmente favorável. Mas você é cem vezes melhor do que eu imaginava. E sobretudo cem vezes melhor que a puta da Diana".

Para interromper aquela pesada declaração de amor, objetei: "Mas por que a chama de puta? Agora mesmo, à mesa, você a chamou assim".

"Porque ela é. Banca a caprichosa, a indignada, e depois sempre acaba dizendo sim. E não se deixe enganar pelos sentimentalismos dela: só pensa em uma coisa, você sabe qual, e todo o resto não importa para ela. Por exemplo, os cavalos. Acredita mesmo que, se eu os matasse amanhã, ela sentiria a grande dor que disse? Nunca. No entanto, como você estava presente, ela quis lhe mostrar que tem uma alma sensível. Puta, é o que ela é. Mas estou cansada dela. Então, o que decidiu?"

Fiquei sinceramente espantada: "Mas o que você está dizendo?".

"Aceita vir morar comigo, digamos, por uns dois meses, só para começar?"

Objetei para ganhar tempo: "Mas e Diana?".

"Arranjamos um jeito de mandá-la embora. Você deve ficar no lugar dela." Ficou calada um momento e então acrescentou: "Falei há pouco de matar os cavalos. Para convencê-la a partir, bastaria matar o pônei".

Exclamei: "Agora há pouco você ameaçou matar o pônei para impedir que Diana fosse embora. Agora ameaça matá-lo para que ela saia!".

Ela estava em cima de mim, inclinada, me beijou o pescoço e depois o ombro. Tentei me libertar de seu braço, mas não consegui; falei a contragosto: "O que você quer de mim?".

"Aquilo que Diana não pode me dar, não me dará nunca: um amor verdadeiro."

Garanto a você que naquele momento Margherita quase me deu medo. Uma coisa é ouvir certas frases ditas por você; outra, de uma gigante com olhos suínos e um focinho simiesco. Objetei debilmente: "Já amo outra pessoa".

"E daí? Sei tudo sobre você. Ela se chama Nora, não é? Traga-a para cá; venham as duas ficar comigo."

Enquanto isso, ela me impelia para a cama e, com uma mão, erguia desajeitadamente a frente de minha saia. Ora, você sabe que muitas vezes, sobretudo no verão, não uso nada por baixo. E lá estava ela a subir a mão entre minhas coxas, me agarrando os pelos do púbis com os cinco dedos e puxando-os com força, assim como faria um homem brutal e libidinoso. Dei um grito de dor e me livrei com um empurrão. No mesmo instante bateram à porta. Com olhos cintilantes de excitação, Margherita me fez um gesto violento com a mão, como para me impedir de abrir. Como resposta, fui até a porta e abri. Diana estava na soleira, e olhou para nós duas em silêncio, antes de falar. Então disse: "Margherita, estou pronta".

Por um momento, Margherita não soube o que dizer: ainda ofegava, parecia perturbada. Finalmente pronunciou com esforço: "Não dormiu?".

Diana fez que não com a cabeça: "Estava aqui o tempo todo".

Perguntei surpresa: "Aqui onde?".

Respondeu com voz baixa, sem me olhar: "Aqui no corredor, sentada no chão, esperando que vocês terminassem".

Confesso que fiquei quase com ódio dela, tão vil e tão volúvel: quando cheguei, me implorou que a levasse embora; agora se aninhara atrás da porta como um cão, à espera de que "terminássemos". Margherita disse impetuosamente: "Tudo bem, vamos". E depois, dirigindo-se a mim: "Então estamos combinadas! Até daqui a pouco".

As duas saíram e eu me joguei na cama para de fato descansar, depois de tantas emoções. Mas, passados poucos minutos, me levantei sobressaltada e fui até a janela: tinha a certeza de que devia olhar para alguma coisa, não sabia muito bem o quê. Esperei longamente. Da janela se tinha uma vista do gramado que se estendia atrás da *villa*. Ao fundo do gramado se avistava uma grande piscina de água azul, circundada por uma alta sebe de buxo aparado. O recinto de buxo se abria à metade e revelava, em perspectiva, para além da piscina, uma construção comprida e baixa, certamente as cabines para troca de roupa e um bar para um aperitivo depois do banho. Eu olhava a piscina e dizia a mim mesma que aquilo não passava de um cenário de teatro: logo alguma coisa aconteceria. E de fato, dali a pouco, uma pequena procissão despontou da parte onde se encontrava a estrebaria e atravessou o gramado.

Na frente vinha Diana, de topless, com a calcinha e as botas vermelhas; puxava o pônei pelo cabresto. Este a seguia docilmente, devagar, o focinho recoberto pelos longos pelos da crina, inclinado para baixo, como se refletisse. Tinha uma coroa de flores vermelhas em volta do pescoço, me pareceram rosas, daquelas simples, com apenas uma corola de pétalas. Atrás do pônei, segurando sua longa cauda loura nas duas mãos, com a solenidade de quem carrega o manto de um soberano, vinha Margherita.

Pude vê-las ir direto à passagem entre as duas altas sebes de buxo e desaparecer; então ressurgiram atrás da sebe da direita, mas dando a ver apenas as cabeças. O pônei, baixo demais, não se via de jeito nenhum.

Em seguida houve como uma alternância de ação e contemplação. De início, Diana fez o gesto de inclinar-se para o local onde o pônei estava; sua cabeça desapareceu; já a cabeça de Margherita permaneceu visível: parecia olhar alguma coisa que estava acontecendo ali, sob seus olhos. Passou talvez um minuto; então, inopinadamente, o pônei, como já havia feito na estrebaria, empinou e apareceu de repente, acima da sebe, com a cabeça e as patas anteriores. Tornou a cair quase de pronto, na frente, desaparecendo de novo; passaram outros intermináveis minutos até que a cabeça de Diana reapareceu por cima da sebe; e, por sua vez, a cabeça de Margherita desapareceu. Agora era Diana que contemplava algo que ocorria sob seus olhos; o pônei não tornou a empinar. Depois Margherita emergiu de novo; agora as cabeças das duas mulheres eram ambas visíveis, uma de frente para a outra. Talvez Margherita tenha falado, ordenando alguma coisa; vi distintamente Diana balançar a cabeça em sinal de recusa. Margherita estendeu um braço e pressionou a mão sobre a cabeça de Diana, como às vezes se faz no mar, de brincadeira, empurrando alguém para baixo d'água. Mas Diana não cedeu. Houve um momento de imobilidade, depois Margherita, com uma só mão, esbofeteou Diana duas vezes, uma em cada face. Então vi a cabeça de Diana começar a baixar aos poucos, até sumir de novo. Nesse ponto, me retirei da janela.

Sem pressa, porque sabia que as duas mulheres estavam concentradas na "coisa", deixei o quarto, desci ao térreo, fui ao jardim. Com alegria, revi meu carro estacionado diante da porta. Entrei e, depois de um minuto, já seguia pela estrada em direção a Roma.

Agora você vai me perguntar por que, afinal de contas, lhe contei essa história bastante sinistra. Respondo: por arrependimento. Confesso: no momento em que Margherita estava sobre mim na mansarda, me vi tentada a ceder a ela. E o teria feito justamente porque ela me repugnava, justamente porque eu a achava, como você diz, "horrenda",

justamente porque ela me pedia que eu ocupasse o lugar de Diana. Mas por sorte a lembrança de você não me
abandonou. Quando Diana bateu, tudo já tinha passado,
eu já havia superado a tentação e só pensava em você, em
tudo de bom e de belo que você representa em minha vida.

Escreva-me logo.

Sua Ludovica

Ao deus desconhecido

Durante aquele inverno me encontrei muitas vezes com Marta, uma enfermeira que eu tinha conhecido alguns meses antes no hospital em que fui internado por causa de certas febres misteriosas, provavelmente contraídas na África durante uma viagem que fiz aos trópicos como enviado especial.

Pequena, miúda, com uma cabeça grande de bastos cabelos castanho-ruivos, anelados e finos, divididos por uma linha no meio, Marta tinha um rosto redondo de menina. Mas uma menina que se tornara pálida e abatida por uma maturidade precoce. Na expressão absorta e preocupada dos grandes olhos escuros, no tremor que muitas vezes lhe aflorava nos cantos da boca, a ideia da infância se misturava curiosamente com a de sofrimento, ou até de martírio. Último detalhe: tinha a voz um pouco rouca e falava com sotaque forte, dialetal.

Mas Marta não teria inspirado em mim uma curiosidade em certa medida sentimental se, durante minha doença, não houvesse estabelecido comigo uma atitude no mínimo insólita no plano profissional. Em poucas palavras, Marta me acariciava toda vez que arrumava minha cama ou ajeitava as cobertas ou tinha de lidar com meu corpo para as necessidades naturais. Eram carícias fugidias e brevíssimas, sempre na virilha, como roubadas ao segredo que as tornava furtivas e apressadas. Mas também eram carícias de algum modo impessoais, ou seja, sentia-se que não diziam respeito a mim, mas àquela parte precisa de meu corpo, e a nenhuma outra. Nunca recebi nem sequer um beijo de Marta; e soube todo o tempo que ela teria feito aquilo com qualquer outro paciente, desde que tivesse a oportunidade.

No entanto isso tudo era bastante misterioso. Assim, foi mais por curiosidade que pelo desejo de reatar a relação que, saído do hospital, telefonei para Marta pedindo um encontro. Ela logo marcou o dia, mas com esta consideração peculiar: "Tudo bem, vamos nos ver, mas apenas porque você me parece diferente dos outros e me inspira confiança". Essas palavras pareciam patéticos lugares-comuns para salvaguardar a dignidade; ao contrário, como percebi depois, eram a verdade.

O encontro era em um café provido de uma assim chamada sala interna, no próprio bairro onde Marta morava. Foi ela quem o indicou, com uma frase cujo sentido eu não tinha captado: "A sala interna está sempre vazia, assim estaremos a sós". Confesso, tive a impressão de que na sombra e no vazio da sala interna Marta *talvez* retomasse suas estranhas incursões sobre meu corpo, como no hospital. Porém, assim que me sentei na frente dela, em um canto na sombra, logo mudei de ideia. Estava com a cabeça inclinada para trás, apoiada na parede, e me olhava com desconfiança enquanto eu lhe explicava que tinha muito prazer em revê-la: sua presença no hospital me ajudara a superar um momento difícil de minha vida. Por fim, balançou a cabeça e disse com dureza: "Se veio aqui para recomeçar como no hospital, diga logo; assim não perco meu tempo e vou embora".

Não pude deixar de exclamar quase com ingenuidade: "Mas por que no hospital sim e aqui não?".

Ela me olhou sem pressa antes de responder. Então disse em tom exigente: "Você se comporta como todos os outros, infelizmente. No entanto há algo em você que me inspira confiança. Por que aqui não e no hospital sim? Porque aqui me falta a atmosfera do hospital. Aqui eu teria a impressão de fazer algo sujo".

"Mas em que consiste a atmosfera do hospital?"

Respondeu com uma leve impaciência: "Como posso definir a atmosfera do hospital? Os médicos, as freiras, o cheiro de desinfetante, os móveis de metal, o silêncio, a ideia da doença, da cura, da morte. Mas, sem ir muito longe, o fato de que o doente está deitado na cama e envolvido em cobertas que impedem fazer certas coisas senão através do lençol, este fato cria justamente a atmosfera do hospital".

"O lençol? Não entendo."

"Mas deveria lembrar que aquelas carícias que lhe causaram tanta impressão, eu nunca as fiz sobre o corpo nu, mas sempre por cima do lençol."

Agora parecia à vontade e falava com inteira liberdade sobre nosso relacionamento. Sabe-se lá por quê, falei: "O lençol também costuma servir de sudário para os cadáveres".

"Não para mim. O lençol para mim é o hospital."

"Ou seja?"

"É o que me lembra de que sou uma enfermeira, de que estou ali para fazer bem ao paciente e de que não devo ir além de certos limites, justamente aqueles impostos pelo lençol. Já aqui, nesta saleta de um café..."

"Mas foi você que a escolheu."

"Sim, porque fica perto de minha casa. Aqui você desejaria, quem sabe, que eu o acariciasse através da abertura da calça, da cueca. Que horror!"

Impelido por não sei que curiosidade experimental, falei: "Você deve me desculpar. Mas o fato é que estou um pouco apaixonado por você. Vejamos: quer vir um dia desses a minha casa? Eu fico na cama, finjo que estou doente e me cubro no lençol".

"Será sua casa, não será o hospital."

Insisti para ver o que ela responderia: "Se quiser, digo que preciso fazer exames, me interno de novo. Mas com a condição de que, de vez em quando, nem que seja só por um momento, você venha me encontrar no quarto".

"Você é louco? Então quer tanto assim?"

"Já lhe disse: estou um pouco apaixonado por você. Ou melhor, por seu vício."

Ela rebateu imediatamente com vivacidade: "Mas eu não sou uma viciada! Gosto de roçar o sexo do doente por cima do lençol por um motivo que não tem nada de vicioso".

"E qual é?"

"Como posso lhe explicar? Digamos: para assegurar-me com a mão de que, apesar da doença, a vida está sempre ali, presente, pronta..."

"Pronta para quê?"

Disse como se falasse sozinha: "Não vai acreditar. Mas minha carícia é como uma pergunta. E, assim que sinto a resposta, isto é, sinto que a carícia faz o efeito que eu esperava, não insisto. Nunca prolonguei a carícia até fazer o doente ejacular. Onde está o vício em tudo isso?".

Eu girava com o pensamento em torno do que ela ia me dizendo como em torno de algo obscuro e indecifrável, mas de cuja realidade não era lícito duvidar. Finalmente falei: "Portanto o quadro é este e não pode ser senão este: a freira, de um lado, com a cruz no peito; o médico do outro, com seu termômetro; e, no meio, envolvido num lençol, o doente cujo sexo, às escondidas, você toca, roça e acaricia furtivamente. Não é este o quadro?".

"Sim, o quadro, como você chama, é este."

"E esse... roçar lhe basta?"

"Obviamente, já que nunca fiz outra coisa."

Depois dessa e de outras conversas semelhantes, nos despedimos como "bons amigos", como se diz, com a promessa recíproca de nos encontrarmos de novo. O que de fato aconteceu várias vezes, sempre naquele mesmo café. Agora ela não me explicava mais por que fazia o que fazia; preferia me contar histórias em que sempre aconteciam mais ou menos as mesmas coisas: via-se que lhe dava prazer falar sobre isso, não tanto por vaidade quanto, talvez, para chegar a compreender melhor a si mesma, por que se comportava daquela maneira. Aqui está, por exemplo, uma dessas histórias: "Ontem fui pôr o penico sob o traseiro de um doente grave. Um homem de meia-idade, comerciante ou dono de bar, feio, calvo, bigodudo, com uma expressão mesquinha e vulgar. Tem uma esposa do tipo carola, que passa os dias ao pé da cama e só faz mastigar orações, debulhando um rosário depressa. Levantei as cobertas, enfiei o penico sob suas nádegas magras, esperei que defecasse, retirei o penico, fui esvaziá-lo e limpá-lo no banheiro e depois voltei para arrumar a cama. Era noite, e a esposa rezava como sempre, sentada aos pés da cama. Deixei a cama dele em ordem, mas, no momento de puxar as cobertas sobre o lençol, com um gesto rápido, dei-lhe uma apertada não muito forte, mas larga, que abrangeu toda a genitália, e disse em voz baixa: 'Vai ver que logo estará curado'. Ele respondeu de maneira alusiva e maliciosa, típica do homem vulgar que era: 'Se a senhora está dizendo, vou sarar com certeza'; então se irritou com a esposa que rezava e lhe gritou que parasse, porque toda aquela reza estava atraindo mau agouro para ele".

"E ele se curou mesmo?"

"Não, morreu na mesma noite."

"Mas como você conseguiu fazer isso com um homem assim: terminal e ainda por cima vulgar, mesquinho, repugnante?"

"Ali onde coloquei a mão, ele não era nada disso, lhe garanto. Poderia até ser o jovem mais belo da terra."

Em outra ocasião, ela chegou com o rosto perturbado e logo me contou: "Hoje à noite senti um medo enorme".

"Por quê?"

"Há um paciente por quem tenho uma grande simpatia. É um homem jovem, de seus trinta anos, e de toda a sua pessoa emana uma vitalidade rude e simples, como de um camponês. Tem um rosto largo e sólido, olhos francos e sorridentes, nariz adunco, boca sensual. É um atleta, campeão de não sei que esporte. Foi operado recentemente, sofre muito, embora não o diga e não se queixe. É o paciente mais tranquilo de todos, nunca diz uma palavra: fica parado e olha a televisão, a tela está sempre ligada diante da cama, na parede, e ele muda continuamente de canal. Nesta madrugada, deviam ser umas três, ele me chama e eu o encontro com a televisão ligada, como de costume, no escuro do quarto. Me aproximo, e ele murmura com a voz apagada, sabe?, de quem sente uma dor muito forte e nem consegue falar: 'Por favor, gostaria que a senhora apertasse minha mão, assim vou sentir como se tivesse a meu lado minha mãe ou minha irmã, e isso me fará sofrer menos'. Não falei nada, estendi a mão, e ele a apertou com força: realmente sofria demais, pelo menos a julgar por aquele aperto convulsivo. Assim, mão na mão, ficamos calados e imóveis, assistindo à televisão onde se viam personagens de não sei que filme de gângster. Passaram alguns minutos; de vez em quando eu sentia que ele apertava meus dedos com mais força, como para sublinhar a insurgência de uma dor mais aguda; de repente, não sei de onde me veio, imagino poder aliviar de algum modo seu sofrimento e sussurro para ele: 'Talvez, para ajudá-lo a vencer a dor, um contato mais íntimo fosse preferível'. Ele repetiu 'Mais íntimo?' de uma maneira estranha, como indagando a si mesmo. E eu confirmei em surdina: 'Sim, mais íntimo'. Ele não disse nada; soltei minha mão da dele, a introduzi entre as cobertas e o lençol e fui pousá-la espalmada sobre seu sexo. Também ali sua compleição era semelhante a todo o corpo; a palma de minha mão comprimiu um inchaço como o de um maço de flores frescas envolvidas em celofane.

54

Sussurrei: 'Assim não é melhor?', e ele no escuro respondeu que sim. Sempre em silêncio, ainda olhando a tela vibrante de luz, imprimi à palma da mão um lento movimento rotatório, mas não insistente ou pesado, ao contrário, leve e delicado, e sabe que impressão eu tive? Que sob o lençol houvesse como um emaranhado de polvos recém-pescados, vivos, e que eles se moviam ainda encharcados e viscosos de água marinha."

Não pude deixar de exclamar: "Que sensação estranha!".

"Era um sentimento de vitalidade e pureza. O que há de mais puro e mais vital que um animal vivo recém-saído das profundezas do mar? Não sei se expresso bem a ideia. A impressão era tão forte que não pude evitar lhe sussurrar de novo: 'É bom, não é?'. Ele não disse nada, apenas me deixava agir. Assim continuamos fazendo por mais um pouco..."

"Desculpe, mas não teria sido melhor, mais sincero e bonito, tirar francamente o lençol e..."

Respondeu obstinada: "Não, eu não queria tirar o lençol de modo nenhum. Veja: levantar o lençol teria sido como trair o hospital e tudo o que ele representa para mim".

"Entendi. E o que foi que aconteceu: ele ejaculou?"

"Não, de modo nenhum. Seguimos em frente mais um pouco, digamos uns dois minutos, e depois ele começou a dizer: 'Estou morrendo, estou morrendo, estou morrendo', e eu, assustada, tirei a mão depressa e saí para chamar o pessoal. Vieram a freira, o médico plantonista, mais freiras e mais médicos; levantaram as cobertas e viram que ele estava com a perna esquerda inchada, parecia o dobro da direita, meio arroxeada: um ataque de flebite. Todos estavam muito assustados, até porque ele dizia estar com o pé gelado e insensível. Mas sabe o quê? Obviamente eu também estava assustada e dizia a mim mesma que era culpa minha, mas não sem quase uma ponta de vaidade, porque pensava que o sangue que agora não circulava tinha afluído inteiro para ali onde eu tinha apoiado a palma nele."

"E o que aconteceu depois?"

"Bem, a flebite está sob controle. Hoje de manhã entrei no quarto, ele me olhou e me sorriu, e assim, com esse sorriso, também me liberou do remorso."

De outra vez, ela me contou uma história um tanto cômica, embora de uma comicidade sempre meio macabra, típica das histórias de hospital. Me disse: "Está me acontecendo algo infinitamente tedioso".

"O quê?"

"Um paciente quer de qualquer jeito que eu me case com ele e me chantageia: ou você casa comigo, ou eu faço um escândalo."

"E quem é ele?"

"Um homem horrível, rude, proprietário de um restaurante em alguma localidade do sul. Tinha uma perna com um abscesso no joelho, parecia moribundo, cortaram fora a perna dele, se recuperou em dois dias, como certas árvores depois que são podadas, e agora está com a cara corada e toda lisa, parece a ponto de explodir de tanta saúde. Cometi o erro, aproveitando um momento em que estava arrumando a cama da qual agora só despontava um pé, de estender a mão até onde o lençol se erguia sobre um volume realmente enorme. Foi mais forte que eu, não resisti à tentação, nunca tinha visto um inchaço assim. Agora imagine o que eu senti: dois testículos grandes e duros como os de um touro reprodutor e uma espécie de tubo mole ou serpente adormecida. Ele parecia cochilar; mas logo despertou e murmurou para mim: 'Pode fazer, são todos seus', ou outra vulgaridade do gênero, que definitivamente deveria enojar-me. No entanto, como lhe disse, era mais forte que eu e tornei a ceder, de vez em quando o roçava bem de leve através do lençol, só para me certificar de que tudo continuava ali, para voltar a sentir o maravilhoso volume dos testículos e a extraordinária grossura do pênis. Estranhamente, agora ele não dizia mais nada: era evidente que já meditava sobre sua proposta de casamento. E de fato, certo dia, me declara que quer se casar comigo: me diz que é rico, que me tratará como uma rainha, que nunca me deixará faltar nada. Imagine: eu casada! E com um tipo daquele!"

"Mas um dia você deve se casar também."

Me olhou e então respondeu com profunda convicção: "Não vou me casar nunca".

"Mas você é uma mulher jovem e precisa de amor."

"Ah, isso eu faço por minha conta, sozinha. Não preciso me casar. Aperto as coxas, esfrego uma contra a outra e pronto: está feito o amor."

Tive vontade de fazer uma pergunta que me parecia indiscreta. Arrisquei: "Mas você... é virgem?".

"Sim, e sempre vou ser. Apenas a ideia de amor do proprietário do restaurante me causa horror. No entanto ele, veja só, é justamente por minha virgindade que se interessa."

"E como você vai se sair dessa?"

Um sorriso malicioso encrespou seu rosto pálido e abatido de menina maltratada: "Falei que ele voltasse à sua cidadezinha e que depois eu iria encontrá-lo assim que possível, jurei que nos casaremos. Assim que ele deixar o hospital: tchauzinho!".

"E enquanto isso você vai continuar tocando e roçando o sujeito?"

"Sim, já lhe disse, é mais forte que eu. Mas não vejo nenhuma relação entre ele e seus genitais. Ele é, como dizer?, o depositário de algo que não é dele, um pouco como um soldado a quem confiaram uma arma de combate. Mas a arma não é dele."

"E de quem é?"

"Não sei. Às vezes penso que pertence a um deus desconhecido, mas diferente daquele que as freiras levam pendurado no pescoço."

"Um deus desconhecido?" Surpreso, não pude deixar

de contar a ela a passagem dos Atos dos Apóstolos em que se fala da visita de são Paulo a Atenas e do templo misterioso dedicado ao deus desconhecido. Ela me ouviu sem demonstrar muito interesse e por fim disse secamente: "Em todo caso, eu só sinto esse deus desconhecido no hospital. Nos bondes, os homens que se esfregam em mim me dão nojo".

Falei: "Se você se apaixonasse, tudo isso mudaria".

"Por quê?"

"Porque dispensaria o lençol e veria face a face o deus desconhecido."

Ela me olhou e então respondeu enigmaticamente: "Deus se esconde. Quem já o viu alguma vez? Eu não sou uma milagreira".

Misteriosamente, depois desse último encontro, não a vi por um bom tempo. Disse que me telefonaria e não o fez. Mas um dia ela reapareceu e marcou um encontro comigo no café de sempre. Me esperava sentada à sombra; pareceu-me que tinha uma expressão ao mesmo tempo transtornada e muito calma: uma estranha combinação de humores. Disse-me imediatamente: "Matei um homem".

"O que você está dizendo?"

"Isso mesmo: matei o homem que eu amava."

"Você amava um homem?"

"Você me falou que eu deveria me apaixonar para ver face a face o deus que se escondia sob o lençol. Bem, aconteceu, eu me apaixonei por um rapaz de vinte anos, doente do coração. Com ele a coisa também começou com as esfregações, como com os outros, e depois ocorreu um fato estranho: de repente, talvez porque ele fosse um intelectual como você, por quem eu me sentia sempre compreendida e julgada, vi pela primeira vez aqueles toques como algo de vicioso. E então decidi tirar o lençol."

Exclamei um tanto irônico: "O que é isso? Uma metáfora? Está falando por símbolos?".

Ela me olhou ofendida: "O lençol não era apenas o símbolo do hospital, era também um obstáculo material. Agora me diga como é possível amar um homem com um lençol no meio. Então, numa noite, com a tela da TV vibrando mais que nunca de luz intensa no escuro do quarto, como ele zombava de mim com sua voz sutil e maliciosa me dizendo que eu nunca teria coragem, me veio não sei que fúria. Para mim, lhe juro, foi como dar um grande salto no vazio, na escuridão; como arrancar o véu da face daquele deus de que você me falou. Tirei as cobertas no impulso e me joguei sobre seu corpo nu. Tudo aconteceu em poucos minutos, na claridade incerta da tela, naquele silêncio profundo da noite do hospital. Enquanto inclinava o rosto sobre o ventre dele, sentia que estava dando um adeus definitivo ao hospital e a tudo o que ele representava para mim no passado. Depois uma enorme bolha de sêmen me encheu a boca, me afastei dele e corri até o banheiro para cuspir tudo. Mas não tive coragem de voltar ao quarto; fui para meu quartinho e dormi até o amanhecer. Fui acordada pela freira me sacudindo e perguntando o que eu havia feito, já que eu estava de plantão e mesmo assim fui dormir. Respondi que tinha me sentido mal. Talvez a freira não tenha acreditado em mim, talvez tenha intuído alguma coisa. Disse sem preâmbulos que o rapaz doente do coração tinha sido encontrado morto. E acrescentou: 'Estava com as cobertas baixadas até os joelhos, dava a impressão de ter tentado descer da cama'".

Fiquei calado por um momento, me sentia levemente horrorizado e não sabia o que dizer. Por fim, objetei: "Pode ser que ele não tenha morrido por sua culpa".

Sacudiu a cabeça negativamente: "Não, fui eu, tenho certeza disso. Assim que deixei de ser a enfermeira que sabe onde deve parar para não fazer mal ao paciente, e me tornei a mulher que não impõe limites ao próprio amor, o matei".

Manteve-se em silêncio um instante e então me informou: "Pedi demissão, agora trabalho em um instituto de beleza, pelo menos ali só há mulheres".

Depois concluiu filosoficamente: "Eu era uma enfermeira conscienciosa e boa, mas viciosa. Tornei-me uma mulher sã e normal, mas assassina".

A mulher da capa preta

À mesa, tudo está exatamente como quatro anos atrás, na data de seu casamento: o serviço de porcelana inglesa branco e azul, as taças de cristal da Boêmia, os talheres com cabo de marfim, os saleiros de prata, o galheteiro de estanho, tudo está como naqueles dias já distantes. Também estão lá as mesmas rosas no vaso de vidro verde; a mesma toalha e os mesmos guardanapos vermelhos com bordados brancos; até o mesmo raio de sol que, entrando de viés pela janela, faz brilhar porcelanas, pratarias e cristais. Mas ao mesmo tempo tudo mudou, profundamente. A tal ponto que lhe parece, naquele momento, ser ele próprio mais o fantasma de uma recordação que uma pessoa viva, de carne e osso. É que, diversamente de quatro anos atrás, tudo mudou entre a esposa e ele. Com efeito, lá está ele retomando a polêmica surda e discreta, mas tão dolorosa, sobre o fato de a esposa, há mais de um ano, se recusar a fazer amor com ele. A mulher lhe responde com estranha doçura: sim, ela o ama; sim, ela sabe que ele a ama; sim, entre eles havia um perfeito entrosamento físico; sim, esse entrosamento poderia voltar; mas, ao menos por ora, ela não se sente à vontade. Por quê? Por nenhum motivo, não há um porquê, é assim e pronto.

Nessa altura, a cozinheira entra com o segundo prato: um frango marroquino. É um prato que, de algum modo, está associado à intimidade deles: eles o aprenderam no Marrocos, para onde viajaram na lua de mel. A receita pede que o frango seja cortado em pedaços pequenos e depois cozido em fogo baixo com uma grande quantidade de limões e de azeitonas, de modo que a carne fique impregnada com o sal das azeitonas e a acidez dos limões.

A cozinheira estende a travessa para a esposa e depois para ele; os dois se servem e começam a comer de cabeça baixa, enquanto a discussão continua. Então, inesperadamente, ocorre, fulminante, o imprevisto. A mulher dá um grito sufocado, leva as mãos à garganta, se esforça para tossir e depois se levanta, jogando no chão o guardanapo e varrendo com a mão o prato e os talheres; e começa a correr pelo apartamento, enquanto ele a segue sem entender ainda.

Ela corre, se refugia no quarto de dormir, se estatela na cama, as duas mãos em torno da garganta. O imprevisto é um pequeno osso pontiagudo de frango que ficou entalado na garganta. Mas o contrário do imprevisto, aquilo que ele, enquanto corre atrás dela, prevê de repente com absoluta certeza, acontece pouco depois no pronto-socorro do hospital. Onde de fato a esposa morre sem, como se diz em semelhantes casos, sequer recobrar a consciência.

Depois da morte da esposa, ele permanece na casa que pertenceu a eles, fazendo as coisas de costume: vai todo dia ao seu escritório de arquitetura, volta para casa durante as refeições, sai à noite com os amigos etc. etc. Mas dorme sozinho, sai sozinho, come sozinho, ninguém lhe dá bom-dia de manhã quando sai para trabalhar, ninguém o recebe à noite quando ele volta. A solidão lhe pesa porque não é a solidão provisória de quem se desfaz dela com uma companhia. É uma solidão irremediável: a única pessoa que poderia fazê-la cessar está morta. Assim ele continua só, perguntando-se o tempo todo o que deveria fazer: expulsar definitivamente o pensamento da esposa morta ou comprazer-se com ele, deixando-se cair lentamente ao fundo do luto como ao fundo de uma água negra e pantanosa. Por fim, invencivelmente, prevalece a segunda opção.

Então tem início, para ele, um período lúgubre e ao mesmo tempo, de modo obscuro, voluptuoso. O lamento pela mulher se expressa numa quantidade de comportamentos rituais, como contemplar os vestidos alinhados nos guarda-roupas; ou tocar seus utensílios de toalete um a um; ou, mais imaginosamente, observar "com os olhos dela", através da janela do quarto de casal, a alameda onde se encontra a casa deles. Esses atos rituais o fazem ultrapassar a fase do enlevo fetichista e o induzem a uma veleidade alucinatória: no silêncio, aguça os ouvidos quase esperando escutar a voz da esposa enquanto fala na cozinha com a cozinheira; ou, de noite, no momento de se deitar, quase tem a certeza de vê-la já na cama, reclinada sobre os travesseiros, postada como quem lê.

Insensivelmente, a espera de uma "aparição" da esposa se desenvolve, se torna a espera de seu "retorno". A espera de que ela bata à porta; ele vai abrir e a encontra diante de si, dizendo que esqueceu as chaves de casa: sempre esquecia datas, objetos, acontecimentos. Ou então que lhe telefona do aeroporto pedindo que vá buscá-la: tinha o hábito de não o avisar com antecedência sobre o dia e a hora em que voltava das viagens. Ou ainda, mais simplesmente, que se deixa ver na sala de estar, enquanto está concentrada ouvindo música: fazia assim quando o esperava voltar do escritório para o almoço.

Por fim, depois da ideia do "retorno", começa a insinuar-se nele o pensamento do "reencontro". Passa a vagar pelas ruas, a entrar em locais públicos, a frequentar recepções privadas com a obscura esperança de "reencontrá-la". Sim, subitamente ela vai estar lá, diante dele, no ato de executar algo normal e comum, como ocorre a quem sempre esteve ali, ainda que, por motivos normais e comuns, não se tenha feito vivo por algum tempo.

Assim imagina, por exemplo, encontrá-la a seu lado, no vagão do metrô, de pé, indo à piazza di Spagna para fazer umas compras.

Essa fase do reencontro dura mais que a do "retorno", aliás, parece não ter mais fim. Porque de fato se "retorna" apenas em ocasiões específicas, ao passo que se pode ser "encontrado" a qualquer momento e em todo lugar. Na prática, qualquer mulher jovem entre seus vinte e trinta anos, loura e alta, não propriamente magra, pode ser ela, sobretudo se vista de costas e a distância. Assim, de modo cada vez mais profundo, enraíza-se nele a convicção de que a esposa está morta, sim; mas que, de alguma maneira, por reencarnação, por ressurreição, por substituição, ela poderia "reaparecer". Um dia, ele vai topar com o rosto de uma mulher e exclamar: "Mas você é Tonia". E ela responderá: "Sim, sou eu, por que não deveria ser eu?". "Mas você é um fantasma." "Não, de modo nenhum. Toque-me, faça-me uma carícia, sou Tonia em carne e osso."

É claro que o caráter mórbido dessas fantasias não lhe escapou. De vez em quando pensa: "Estou ficando louco. Se continuar assim, sem dúvida a reencontrarei. Mas este será também o momento de reconhecer que sou um doido varrido que acredita nas próprias alucinações". Esse medo da loucura, de resto, não o impede de continuar esperando reencontrar a esposa. Ao contrário, acrescenta um sabor de desafio à esperança. Sim, irá reencontrá-la justamente porque é impossível que a reencontre.

Por fim, para dissipar essa atmosfera lúgubre, decide mudar de ares e partir para Capri. É novembro, uma estação morta; não haverá ninguém na ilha, será deixado às próprias recordações, à própria saudade. Vai passear, fantasiar, refletir. Enfim, repousará e tentará reaver a energia dissipada na dor. Sim, porque talvez sua obsessão não passe de um problema de nervos, de desequilíbrio físico.

Assim viaja para Capri, onde, como havia previsto, encontra a solidão: quase todos os hotéis e restaurantes fechados; nenhum turista, apenas gente do local. Mas é uma solidão diferente da de Roma. Em Roma era por mera necessidade; aqui vai ser por opção.

Logo começa a levar uma vida muito regular: acorda tarde, dá um primeiro passeio, almoça no hotel, se retira ao quarto para ler, janta e por fim, no salão quase deserto do hotel, assiste à TV. Ao final das transmissões, dirige-se para a cama.

Apesar dessa regularidade, a saudade da esposa não cessa, apenas assume um aspecto diverso. Como se a morte houvesse subtraído a esse gênero de evocação seu caráter erótico, ele passa cada vez mais a recordar com precisão e objetividade episódios do tempo em que a mulher e ele ainda faziam amor. Essas evocações não são diferentes das que se fazem na adolescência e que terminam muitas vezes na masturbação; mas ele se limita a imaginar a mulher "em ação", sem acrescentar de sua parte nenhum envolvimento físico. Acima de tudo, teme cair numa espécie de necrofilia: na adolescência, as mulheres cuja lembrança o levava a se masturbar estavam vivas; a masturbação não era mais que o prolongamento fantasioso de uma relação normal. No entanto, a masturbação por uma morta poderia levar a quê, senão justamente àquela irrealidade doentia da qual pretendera escapar refugiando-se em Capri?

Em especial, um episódio da época feliz em que a esposa e ele se amavam retorna à sua memória com insistência. Numa manhã de primavera, a mulher e ele se encontraram por acaso em uma rua da cidade onde há várias lojas elegantes. A mulher estava procurando um suéter; ele, um disco de música. Algo de decisivo ocorreu no momento em que se reconheceram, surpresos e contentes com o encontro fortuito; alguma coisa que, na forma de um olhar carregado de desejo, partiu dos olhos da esposa e mirou diretamente no centro das pupilas dele, como uma flecha lançada com habilidade e segurança mira e acerta o centro do alvo. Ele logo lhe disse: "Quer fazer amor?". Como incapaz de falar, a esposa fez que sim com a cabeça. "Quer ir para casa?" Para sua surpresa, ela respondeu em voz baixa: "Não, quero fazer agora". "Agora onde?" "Não sei, mas agora." Ele olhou em redor: além das lojas, naquela rua havia muitos hotéis, entre os melhores da cidade. Então ele disse: "Se quiser, podemos ir a um hotel. Mas duvido que nos deem um quarto ao nos verem chegar sem bagagem. É verdade, podíamos comprar uma mala...". Ela o olhou longamente e depois disse: "Não, nada de hotel, venha comigo". Pegou-o pela mão, entrou sem hesitar no primeiro portão que viram e foi direto ao elevador: parecia saber com precisão aonde estava indo. Os dois entraram no elevador; ela lhe explicou: "Quase sempre o último patamar não tem portas, dá para o terraço. Se a entrada do terraço estiver aberta, fazemos lá. Se não, no próprio patamar; de todo modo, não vai chegar ninguém". Falou sem olhar para ele, ereta diante da porta, dando-lhe as costas. Ele se encostou e então a esposa levou a mão para trás e agarrou e apertou seu pau com força. O elevador tinha parado; os dois saíram ao patamar e constataram que a entrada do terraço estava fechada; então a mulher lhe disse de dentes cerrados: "Vamos fazer aqui". Ele a viu inclinar-se sobre o parapeito da escada, agarrar-se ao corrimão com uma das mãos e levar a outra para trás, erguendo o casaco acima dos quadris. Na penumbra do patamar surgiram as nádegas branquíssimas, de forma oval, cheias, duras e reluzentes; ele se aproximou e, embora tivesse uma ereção muito potente e firme, quis ter a certeza de penetrá-la ao primeiro golpe. Então se inclinou até vislumbrar, entre os pelos crespos e louros, a fissura rosada e tortuosa do sexo. Os dois grandes lábios ainda estavam colados um ao outro, como adormecidos e mortiços; ele avançou a mão e com dois dedos delicadamente os separou, semelhantes às pétalas de uma flor prestes a se abrir. Agora apareceu o interior do sexo, de um rosa aceso e brilhante de fluidos, composto de várias camadas, como uma ferida informe e não cicatrizada que rasgara profundamente a carne. Era o sexo feminino ou o corte de uma faca afiada? Disso lhe restou, desse olhar, o sentido de uma descoberta irreversível, fulminante no momento e lenta nos efeitos; era a primeira vez que via o sexo dela com tanta clareza e precisão; até aquele dia, sempre tinham feito amor deitados na cama, abraçados, corpo contra corpo, olhos nos olhos. Tudo durou um instante; depois ele a penetrou profunda e completamente com um só impulso dos quadris; e a esposa começou a se mover com os flancos para cá e para lá, inclinada para a frente, as duas mãos no parapeito.

Agora aquele sexo entreaberto e informe, cruento e reluzente como uma ferida, retorna com frequência à sua memória como alguma coisa tão viva que lhe parece impossível que tenha ido decompor-se no fundo de um túmulo. Ele leu, não lembra mais onde, que a primeira parte do corpo que apodrece depois da morte são os genitais; e toda a sua mente se retrai com horror diante desse pensamento. Não, ele não quer imaginar o sexo da esposa como é hoje, mas como o viu naquela manhã, lá em cima, no patamar de um prédio da via Veneto, vivo e desejoso para sempre.

Aos poucos, esse pensamento engendra outro. Talvez não encontre mais a esposa, embora não se possa excluí-lo de todo, mas seguramente, num desses dias, reverá o sexo dela, idêntico. Bastará, diz a si mesmo, encontrar uma mulher loura, entre os vinte e os trinta anos, curvilínea mas não gorda, com as nádegas muito brancas e de formato oval. Vão se tornar amantes; um dia ele pedirá que ela se incline sobre um parapeito, se dobre para a frente e levante a roupa acima dos quadris. Então afastará com os dois dedos, embaixo, entre as nádegas, os lábios como duas pétalas de flor, e terá de novo sob os olhos, por um instante, antes da penetração, a ferida não cicatrizada. Tudo isso vai ser simples e fácil, não mais o resultado de uma lúgubre obsessão, mas de um reencontro feliz. Sim, porque, se é impossível substituir um rosto, os sexos, quando certos detalhes se assemelham, no fundo são intercambiáveis.

Sim, conclui ao final dessas ruminações, ele vai parar na rua, aqui em Capri, a primeira jovem loura que encontrar e a convencerá a entregar-se exatamente do mesmo modo como sua esposa se entregou naquela manhã, em Roma, no edifício da via Veneto. Assim, sem que ele se dê conta, agora a saudade da esposa está se tornando insensivelmente a saudade de alguma coisa que a esposa tinha em comum com tantas outras mulheres de sua idade e compleição.

Naturalmente ele percebe que essa transformação da saudade de uma determinada pessoa numa obsessão fetichista por uma parte do corpo da pessoa abre caminho a um início de esquecimento, de consolação, de substituição: uma mulher idêntica à esposa provavelmente não existe; mas um sexo semelhante ao sexo dela é fácil de encontrar. Mas ele se consola dizendo que, no fundo, a redução fantasiosa da morta a seu sexo também quer dizer sua transformação em símbolo misterioso e fascinante da feminilidade. Em vida, a esposa tinha sido inconfundível, insubstituível, única; agora se torna emblemática. Ao devanear sobre o sexo dela, ele devaneia sobre uma coisa que vai muito além da pessoa, algo de que a esposa foi apenas a depositária enquanto viveu; mas que agora outras mulheres, por sua vez, são capazes de lhe oferecer.

Numa dessas noites, em Capri, tem o seguinte sonho. Tem a impressão de perseguir, pelo quieto e solitário passeio de Tragara, uma mulher misteriosa que, de certo modo, se parece com a esposa. Está envolta em uma grande capa preta: pouco antes de morrer, a esposa usava uma idêntica. Assim como a esposa, a mulher tem cabelos louros e compridos, espalhados em leque sobre os ombros. Além disso, tem o mesmo modo de caminhar: incerto, meditativo, inconscientemente provocador. Por fim, e este detalhe é decisivo, está com as pernas nuas; ele o intui pela cor das panturrilhas, acima das botas, um branco luminoso que nenhuma meia pode imitar. Agora ele recorda que, quando a mulher não usava meias, isso queria dizer que tinha o corpo todo nu. Era um hábito dela: se vestia a peliça, o casaco ou um sobretudo bastante largo e quente, com frequência não trazia mais nada embaixo, falava que se sentia mais livre e mais segura de si. Também naquela manhã, na via Veneto, quando se inclinou sobre o parapeito e ergueu o casaco acima dos quadris, ele pôde constatar que não trazia nada sobre o corpo, nada exceto as altas botas pretas com bordas e saltos vermelhos.

Em sonho, ele segue essa mulher que tanto se assemelha à esposa com a decisão do homem que sabe o que quer e está certo de obtê-lo. Não traz por acaso no bolso, empunhada firmemente pelo cabo, uma curta faca afiada? De resto, dessa vez ela não pode escapar: o passeio de Tragara termina no belvedere dos Faraglioni; ali a mulher estará à sua mercê, encurralada, mais além não se pode ir. Esse detalhe do passeio de Tragara, sonhado como um beco sem saída, o espanta ao despertar. Na verdade, o passeio "não" é um beco sem saída; ao contrário, continua em torno da ilha até a localidade do Arco Naturale. Mas no sonho ele acreditou que fosse um beco sem saída, assim como, a seu tempo, na realidade da vida, acreditara que a esposa estivesse encurralada no beco aparentemente sem saída do casamento.

O sonho continua: a mulher e ele, um seguindo o outro, desembocam ao final no largo do belvedere. A mulher, como em um tácito acordo entre eles, caminha imediatamente até o parapeito e leva a mão para trás, levantando a capa acima dos quadris, exatamente como a esposa fizera naquela manhã, no patamar da via Veneto. Cheio de alegria, ele se aproxima, começa a tirar o pau da calça e se prepara para a penetração. Decepção! As nádegas e as coxas da mulher parecem fechadas, como fundidas em um invólucro branco e opaco; ali onde ele esperava encontrar o sexo, não vê senão o tecido esticado e hermético de uma bainha. Então não hesita: saca a faca e, calmo e preciso, talha profundamente a bainha em um ponto pouco abaixo das nádegas. Agora está contente: através do rasgo na bainha, vê a ferida feita por sua faca, bem aberta, com as bordas rosa pálidas e as camadas mais internas da carne cada vez mais acesas, chegando a um vermelho sanguíneo. Mas, no exato momento em que se encosta na ferida para penetrá-la, eis que acorda.

Desse sonho lhe fica sobretudo a lembrança da figura feminina com a capa preta, que caminha meditativa pela estradinha deserta. Assim, quando na noite seguinte ele vai passear em direção aos Faraglioni e vê lá embaixo, distante, uma figura feminina envolta numa capa escura, com os cabelos louros espalhados sobre os ombros, logo tem a certeza de que é a mulher do sonho. Sim, a esposa "deixou-se sonhar" para avisá-lo de que ele a encontraria, sob as feições de uma mulher de capa preta, no passeio de Tragara.

Entre esses pensamentos, aperta o passo tentando alcançar a desconhecida. A noite é suave e úmida; o vento marinho balança de leve as raras lâmpadas suspensas a intervalos regulares; a mulher ora está em plena luz, ora na sombra; parece caminhar lentamente, mas, não se sabe como, mantém sempre a mesma distância dele, de modo que, ao final, ele só a alcança no largo do belvedere dos Faraglioni. Assim como no sonho, ela se debruça no parapeito e olha para baixo, na voragem escura da qual se erguem, incertas e enormes, as sombras negras dos dois grandes penhascos. Assim como no sonho, ele se aproxima e chega muito perto, quase roçando seu braço no braço dela. Percebe que está se comportando como um louco, mas uma espécie de segurança divinatória o assiste e o guia: sabe com certeza que a mulher não vai repeli-lo. Entretanto, mesmo fingindo-se absorto na contemplação do panorama, a observa furtivamente. É jovem, talvez da mesma idade da esposa, e tem um rosto afinal de contas não muito diferente: testa redonda e saliente, olhos um pouco encavados, de um azul duro e frio, nariz arrebitado, lábios carnudos e o queixo um pouco recuado. Sim, se parece com a esposa; em todo caso, ele deseja que se pareça. De repente, com naturalidade e desenvoltura, ele lhe diz: "Sabe que nesta noite sonhei com você?".

Como havia previsto, a mulher não se espanta nem o repele. Ela se vira, o avalia um momento e então pergunta: "Ah, é mesmo? E o que eu fazia?".

Ele responde: "Se quiser, posso lhe contar. Mas me prometa que não vai se ofender. E sobretudo não ache que me sirvo do sonho como um pretexto para abordá-la. Eu o faria de qualquer maneira. Tive a infelicidade de perder minha esposa, que eu amava muito. Você se parece com minha esposa. Mesmo sem o sonho, eu falaria com você".

A mulher se limita a dizer: "Tudo bem. Então me conte o sonho".

Ele lhe conta o sonho, sem nenhum embaraço, sem omitir nenhum detalhe, com calma e exatidão. A mulher o escuta com atenção. Por fim, diz: "Tudo isso até poderia ocorrer, exceto por um detalhe".

Ele nota a frase "até poderia ocorrer" e pergunta perturbado: "Qual?".

"Eu não tenho bainha."

O tom da mulher é íntimo, cúmplice, quase provocante. Ele a olha e vê que ela sustenta sua mirada com uma estranha expressão de dignidade, ao mesmo tempo desesperada e lisonjeira. Como para fazê-lo entender que sabe o que ele quer e não o rejeitará, ao contrário, está pronta a satisfazê-lo. Depois, mesmo continuando inclinada sobre o parapeito, a mulher se vira para ele e diz em voz baixa, num tom de conversa descontraída e casual: "Agora me fale de sua esposa. Diga em que me pareço com ela".

Subitamente ele está tão transtornado que quase não consegue falar. Por fim, pronuncia: "Parece muito, fisicamente. Mas tenho medo de que também se pareça em alguma coisa que, nos últimos tempos, me separava dela".

"Não entendo."

"Quando minha esposa morreu, fazia um ano que se negava a mim."

"Por quê?"

"Não sei, nunca soube. Ela se limitava a dizer que não tinha vontade. E depois morreu."

A mulher se cala por um momento. Então comenta com repentina crueza: "Vai saber o que você pretendia dela. Provavelmente alguma coisa tipo aquilo que sonhou na noite passada".

Espantado e contente com a sagacidade da mulher, ele exclama: "Sim, eu gostaria que fizesse exatamente aquilo. Mas não era um sonho. Era algo que de fato tínhamos feito há cerca de uns dois anos".

"Como! Vocês fizeram aqui, neste parapeito?"

"Não, no patamar de um edifício na via Veneto, numa manhã em que nos encontramos por acaso."

"Em um patamar? O último, o que dá para o terraço?"

"Como você pode saber?"

"Porque também me pareço com sua esposa em certos gostos."

"Você também gosta de fazer assim, de pé, virada de costas, como em meu sonho?"

"Gosto."

Ele se cala; então se decide a arriscar: "E faria comigo?".

Ela por sua vez o observa com aquela expressão incompreensível, de dignidade ao mesmo tempo ofendida e cúmplice. Por fim, deixa cair dos grossos lábios sisudos: "Sim".

"Não se recusaria como ela?"

"Não."

"E faria agora?"

"Sim, agora, mas não aqui."

Cala-se por um momento; então recomeça, mais discursiva: "Vamos ao hotel. Sim, porque você não se deu conta, mas estamos hospedados no mesmo hotel. Eu já o tinha notado, por isso não fiquei muito surpresa quando você falou comigo".

Ele aceita com alívio o tom discursivo. Pergunta: "Mas como eu nunca a vi no salão de almoço?".

Ela responde secamente: "Não vou lá nunca, eu como no quarto". Então ele teme que ela mude de ideia por algum motivo desconhecido e pergunta ansioso: "Mas como vamos fazer?".

Desta vez ela volta a ser cúmplice: "Você deve ter observado que cada cômodo tem uma sacada que dá para o jardim. Todas as sacadas têm parapeitos. Nesta noite, entro em seu quarto, vou até a sacada, me dobro com as duas mãos no parapeito e fazemos o que você fez com sua esposa no patamar daquele prédio na via Veneto".

Assim falando, ela se ergue e começa a andar. Ele a segue e não pode evitar de dizer: "Tenho muito medo de que você acabe não vindo".

Não sabe por que diz essas palavras. Talvez para introduzir uma nota realista em algo que ainda tem muito do sonho que o originou. Ela não responde nada, mas assim que saem do largo e se encaminham pelo passeio de

Tragara, ela para, junta as duas mãos ao pescoço, desabotoa a gola, abre por um instante a capa. Então ele vê que embaixo está completamente nua. A mulher lhe pergunta: "Acha que meu corpo também se parece com o dela?".

Estranhamente, talvez iludido pela perturbação, ele não pode deixar de notar algumas semelhanças: o mesmo seio baixo e sólido, o mesmo ventre que desponta redondo e fornido sobre o púbis, o mesmo pelo denso, curto e encaracolado, de um louro quase fulvo. Também certo fluir transparente e vermelho do sangue à flor da pele, sobre as coxas e o peito, lhe recorda a esposa. Fechando a capa, a mulher diz em um tranquilo tom de desafio: "Agora acredita, não é?".

"Mas você passeia assim, nua?"

"Estava com pressa, aqui em Capri faz calor, me enrolei na capa e saí."

A partir desse momento não se falam mais, andam depressa, um distante do outro, como se não se conhecessem. Ela tem o costumeiro passo erradio e inconscientemente provocador, fixa os olhos no chão, como se refletisse; já ele a observa de vez em quando, de soslaio, quase não acreditando ainda em seu pacto; ao mesmo tempo, rumina intensamente uma preocupação bizarra: como ela vai fazer para segurar com as duas mãos o parapeito da sacada enquanto se inclina para a frente, já que o parapeito é todo coberto por uma trepadeira cheia de espinhos? Fica remoendo longamente esse problema; por fim, diz a si mesmo que precisa tirar a trepadeira dali. Mas como? Precisaria de uma tesoura de jardineiro, e ele não tem nada disso, precisa comprar uma. Olha rápido o relógio e vê que só faltam vinte minutos para o fechamento das lojas. De repente diz à mulher: "Quando você vai vir?".

"Hoje à noite."

"Sim, mas a que horas?"

"Tarde, por volta da meia-noite."

Ele queria perguntar por que tão tarde. Mas está com pressa, pensando no fechamento das lojas; diz a ela: "Meu quarto fica no segundo andar, número 11", e ela responde: "Eu já sabia. Estava atrás de você hoje de manhã, quando pediu sua chave na recepção".

Agora estão em frente ao portão do hotel. Ele pega a mão dela e diz: "Sabe que ainda não me disse qual é seu nome?".

"Me chamo Tania."

Ora, sua esposa se chamava Antonia. Ele pensa: "Tonia e Tania, quase o mesmo nome"; e não pode evitar uma exclamação: "Não é possível!".

"O quê?"

Ele se confunde, explica: "Nada, ainda não posso acreditar que você realmente existe; quase, quase duvido de meus olhos".

Ela lhe sorri pela primeira vez, faz um carinho em seu rosto, e com um "até mais tarde" vai embora, entrando pelos portões do jardim do hotel.

Às pressas, porque teme que as lojas estejam para fechar, ele agora sobe a estradinha que leva à piazza de Capri. Sabe aonde ir; uma vez na praça, passa sob um arco e caminha um trecho por uma ruela estreita e escura. Lá está a loja de ferramentas. Ele entra e se dirige, entre todas aquelas caixas de objetos metálicos e prateleiras repletas de facas, tesouras e outros instrumentos de ferro, para uma mulher que o observa atrás do balcão. Diz a ela: "Gostaria de uma tesoura de jardineiro".

"Pequena ou grande?"

"Média."

Volta ao hotel, sobe para o quarto e vai imediatamente à sacada, apertando a tesoura na mão. Já é noite; no escuro, examina a trepadeira e vê que ela sobe em leque de uma pequena jardineira de cimento, e que, para permitir que a mulher se debruce sem dificuldade na sacada, não basta cortar os ramos que recobrem o parapeito, mas também será preciso afastar a jardineira. Hesita diante de uma operação que se mostra incômoda e um tanto maníaca; então prevalece nele a imagem da mulher com a capa erguida acima dos quadris, que se dobra sobre o parapeito; e se entrega ao trabalho com vigor. Primeiro corta todos os galhos e ramos mais altos; depois, uma vez despido o parapeito, tenta empurrar a jardineira para o lado. Novo problema: onde colocá-la de modo que não dê na vista, e a mulher não note que aquele parapeito nu e desimpedido foi preparado justo para ela, com premeditação obsessiva? Por fim, decide empurrá-la para o mais longe possível, até o fundo da sacada, e depois levar embora todos aqueles galhos e ramos que espalhou pelo terraço. Está de fato deslocando a jardineira quando, de repente, o telefone toca no quarto.

Corre até a mesa de cabeceira, se joga na cama, pega o fone, leva-o ao ouvido e a princípio não ouve nada. Ou melhor, nada que se assemelhe a palavras. Alguém soluça ao telefone, esforçando-se para falar sem conseguir. Ele repete "alô, alô", e então, saindo da tempestade de soluços, emerge a voz da mulher, que fala tudo de um jato: "Me desculpe, me perdoe, mas não posso ir porque meu marido morreu há apenas um mês e eu, quando você me disse que sua esposa tinha morrido e que me pareço com ela, achei que podia substituí-la por mim e meu marido por você. Mas agora percebo que não posso, é mais forte que eu. Não posso, não posso, me desculpe, me perdoe, mas não posso, realmente não posso".

Ainda repetiu algumas vezes aquele "não posso" entre soluços, que voltavam a impedir-lhe a fala; depois, com um ruído seco, a ligação se interrompe. Ele olha o fone por um instante e então o recoloca no gancho.

Agora permanece imóvel, refletindo. Então, diz para si, a mulher era uma dessas viúvas que são convencionalmente chamadas de inconsoláveis. Por um momento acreditara ser capaz de trair a memória do marido com ele, que, no fundo, aspirava à mesma traição liberatória.

Mas depois não conseguiu e, assim, os dois mortos se mostraram mais fortes, e ele e a mulher ficaram cada qual com seu morto. A esse pensamento, uma sensação de impotência se apodera de seu ânimo. Vê a si mesmo amarrado à morta, não mais pela nostalgia, mas pela impossibilidade de continuar a própria vida sem ela. O que o une à morta não é o amor, mas a impotência de amar outra mulher que não ela. Exatamente como Tania, ele não "pode" trair a companheira morta. À luz dessa constatação, sua busca por uma mulher que se pareça com a esposa adquire subitamente um significado sinistro. Lembra-se de ter lido um romance de aventura para jovens em que um marujo que havia assassinado um companheiro é lançado vivo ao mar e amarrado com uma corda sólida ao cadáver de sua vítima. Amarrado à morta pelas cordas infrangíveis da memória, se afogará nas profundezas da vida, caindo em queda livre de uma idade a outra, até o fundo do tempo.

Tem a impressão de sufocar, se levanta da cama onde se jogara para ouvir o telefonema, passa no banheiro, se despe, se submete ao jato escaldante da ducha. Sabe-se lá por que, enquanto a ducha o golpeia, se dá conta de que ainda espera que a mulher, arrependida, bata à porta. A porta está aberta, ela poderia entrar quase às escondidas no quarto, aparecer no banheiro, olhá-lo sem ser vista, enquanto todo nu ele se vira e revira sob a ducha, e então avançar e estender a mão para agarrar seu pau, como a esposa havia feito no patamar do prédio na via Veneto. Atingido pela força dessa imaginação, interrompe bruscamente a ducha e, de pé e ainda todo molhado, olha o próprio ventre e percebe que o pau está se erguendo aos poucos, inchado e grosso, mas não ainda rijo, em mínimos latejos quase imperceptíveis, de um modo autônomo e poderoso, que indica a persistência obscura do desejo. Então não consegue evitar correr a mão sob os testículos, dos quais parece partir a força que empurra seu pau para cima. Recolhe-os na palma, duros e rugosos, como se os sopesasse; depois sobe para o pênis, o circunda com o anel de dois dedos, o aperta. "O que estou fazendo", diz para si, "agora me masturbo?". Sai do box, veste um roupão, atravessa o quarto, se joga na cama e fecha os olhos.

De repente ele vê a sacada e aquele trecho de parapeito livre da trepadeira. Lá está a mulher da capa preta, que sai para a sacada, se aproxima do parapeito, se inclina para a frente, leva a mão para trás e levanta a capa acima dos quadris. Mas a imagem das nádegas brancas circundadas pelo preto da capa não dura mais que um instante, e então se dissolve e torna a formar-se, tal e qual, com os mesmos gestos: a mulher sai para a sacada, se inclina sobre o parapeito, leva a mão para trás. Nova dissolução, nova imagem idêntica. A cena se repete várias e várias vezes, mas nunca ultrapassa o gesto da mão que levanta a capa; nesse ponto, como se uma lufada de névoa se interpusesse entre ele e a mulher, a imagem escurece e some. Subitamente ele desperta do torpor dessa repetição obsessiva, abre os olhos, vê que o pau agora lateja em estado de ereção completa, rígido e oblíquo, fora das abas do roupão, e assim, quase sem se dar conta, vai até a porta-janela, ergue a persiana e sai para a sacada.

Diante dele, a massa das árvores do jardim se perfila escura contra o céu preto, onde se adivinham as vagas nuvens brancas e esfiapadas do siroco, suspensas e imóveis no ar sem vento. Ele leva a mão ao pênis, o acolhe na palma, acompanha com os dedos as veias salientes e ramificadas e então, devagar, o despe de sua bainha de pele e ergue no ar sua extremidade inchada e roxa. Olha por um momento o pau que oscila quase imperceptivelmente, despontando em ângulo agudo do pelo do púbis, e depois o aperta na base, sobe com a mão até a ponta, torna a descer, sobe, desce de novo. Agora a mão vai para cima e para baixo em um ritmo duro e lento, para de vez em quando, como para experimentar a resistência da extremidade que parece quase explodir, rubra, intumescida e brilhante como cetim, e volta a subir e descer. O gozo finalmente vem enquanto ele fixa os olhos naquelas nuvens esbranquiçadas e incertas, e é voluptuoso até a dor, ou melhor, é uma dor ardente que se torna volúpia. A cada estremecimento do orgasmo, o jato violento e abundante do esperma jorra do pau, escorre pela mão, goteja no ventre, e ele não pode deixar de comparar a ejaculação a uma erupção mínima, mas nem por isso menos profunda. Sim, ele pensa um instante, é a erupção da vitalidade reprimida por muito tempo e enfim liberada; ela não diz respeito à esposa nem à mulher da capa preta, assim como a erupção vulcânica não diz respeito aos campos e às casas que, no entanto, soterra. Por fim, justo como uma erupção, uma última golfada de sêmen lhe escorre do pau e no mesmo momento o tremor do orgasmo o faz se dobrar sobre o parapeito, e o sêmen cai longe dele, como lançado no vazio, rumo à escuridão da noite. Então pensa que fez amor não mais com uma mulher de carne e osso, mas com alguma coisa infinitamente mais real, ainda que incorpórea.

Depois permanece parado, de pé, observando as árvores e o céu. Agora o significado da experiência daquela noite se revela em sua mente: a esposa morreu e o amor entre os dois morreu; ele se libertou e ressuscitou. Agora não vai mais procurar a esposa ou uma mulher que se pareça com ela; a viúva da capa preta, com sua fidelidade absurda, o curou de sua mórbida fidelidade. Entre esses pensamentos ele olha as nuvens brancas suspensas incertamente no céu escuro; e, enquanto isso, com a ponta dos dedos, vai descolando do ventre a película do esperma coagulado.

O diabo não pode salvar o mundo

Sou um velho diabo, muito velho, sim, mas não sou um bom diabo e muito menos um pobre-diabo. Quando se pensa que nos últimos cem anos me dediquei sobretudo ao progresso científico, e que os conhecimentos que levaram à bomba de Hiroshima eu mesmo os sugeri pouco a pouco, um por um, ao preço de suas almas, aos maiores cientistas do século, a começar por Albert Einstein, há de se convir que não sou um diabo de pouco valor.

A esta altura, talvez, alguém queira saber como é que um homem em muitos aspectos até angelical, como Einstein, pôde vender a alma a este que é normalmente apontado como o inimigo da humanidade. Para responder a semelhante questão, é preciso recorrer à psicologia que é própria dos assim chamados espíritos criativos, sejam eles inspirados pelo diabo ou não. Alguma vez já ouviram falar de um poeta que renunciou a publicar os próprios versos? De um pintor que rasgou uma tela que lhe parecia boa? Assim também os cientistas. Nenhum daqueles que selaram o pacto comigo foi capaz de renunciar às descobertas que aos poucos eu os deixava fazer, embora, mais tarde, todos percebessem com lucidez que eram descobertas absolutamente diabólicas. Einstein infelizmente não foi uma exceção à regra, sabia muito bem que suas invenções conduziam direto a alguma coisa de terrível e indizível; mas lhes asseguro que, para ele, essa consciência não pesou um só momento nos pratos da inevitável balança do bem e do mal. No máximo, tentava não pensar nisso; e jogar a responsabilidade das catástrofes previsíveis e previstas nas costas de outros cientistas, que desenvolveriam as descobertas dele, e dos chefes de Estado, que se serviriam delas, como de fato depois aconteceu.

Mas nem tudo corre bem nesses contratos diabólicos. Há aqueles que, chegado o momento, se recusam a pagar a dívida; há outros que desejariam um suplemento de sucesso, poder e glória; há, por fim, os que tentam me enganar, ou seja, os que querem saber mais do que o diabo. E houve o caso único de Gualtieri, de quem eu teria gostado de suspender a dívida. Esta é a história verídica dessa tentativa.

Gualtieri, quem não o conhece? Quem nunca o viu ao menos em uma foto? Um homem velho e, ao mesmo tempo, jovial: alto, magro e elegante no porte; sedutor no rosto igualmente severo e sorridente; olhos penetrantes à sombra de bastas sobrancelhas pretas, cabelos prateados, grande nariz adunco e imperioso, boca altiva, nobre. E, com esse aspecto no mínimo intimidador, a voz mais doce, as maneiras mais persuasivas que se possam imaginar. Esse homem extraordinário já era extraordinário quando, ainda estudante, o abordei pela primeira vez com a intenção de fazê-lo assinar a folha fatal. Já o conhecia de fama por meio de seu professor de física Palmisano, outro que me vendera a alma, mas sem nenhum resultado, devido à sua inacreditável e patológica preguiça. No leito de morte, Palmisano me disse: "Pior para mim: me danei à toa. Mas quero lhe recomendar Gualtieri, meu melhor aluno, um autêntico gênio em potencial que, se fizer o pacto contigo, pode ficar tranquilo que vai revolucionar a ciência, pondo a ferro e fogo o campo que até agora segue tão tranquilo".

A recomendação me inspirou um ardente desejo de me aproximar de Gualtieri. Hesitei longamente sobre como proceder. Que aparência eu deveria assumir antes de me apresentar a ele? A de um colega de estudos? De um industrial à procura de novos engenhos para seus laboratórios? De uma mulher apaixonada? Detive-me nesta última possibilidade. Meu disfarce preferido é o da personagem feminina. Se mais não fosse, porque adiciona à tentação do sucesso aquela quase sempre irresistível do desejo.

Com essa ideia na cabeça, passei a seguir Gualtieri aonde quer que ele fosse, ora me apresentando como estudante na universidade onde ele ensinava, ora como mulher casada em alguma recepção ou encontro que ele costumava frequentar, ora como prostituta na esquina da rua em que ele morava. Essas mulheres em que eu me encarnava eram todas de notável beleza, e tentavam por todos os meios mostrar a Gualtieri que estavam prontas a satisfazer seus desejos. Mas Gualtieri, na época um homem de seus trinta anos, não se dignava a lhes lançar um olhar sequer, demonstrando uma indiferença de certo modo fácil e livre de esforços: simplesmente se poderia dizer que as mulheres não lhe interessavam.

Estava perdendo as esperanças de abordá-lo quando num desses dias, no final de um verão especialmente abafado, encontrei Gualtieri no último lugar em que imaginaria encontrá-lo: nos jardins públicos. Estava sentado em um banco, um livro na mão, mas fechado; parecia observar alguma coisa com grande atenção. Eu me disfarçara de jovem morena formosa, estava sentada na frente dele, o olhava com insistência, mas logo me dei conta de que seus olhos estavam apontados para outro lugar. Olhava com ar de profunda concentração para um grupo de meninas entre doze e quinze anos, que ali perto se dedicavam ao bem conhecido jogo que consiste em pular com um pé só de um quadrado a outro desenhado no saibro. O diabo, como se sabe, é muito intuitivo. Ver Gualtieri com os olhos fixos nas meninas cujas pernas, aqui e ali, se descobriam acima dos joelhos durante a

92

brincadeira e decidir que eu tinha achado não só o disfarce para o abordar, mas também o modo de fazê-lo assinar imediatamente a folha do pacto, foi uma coisa só.

Levantei-me do banco, penetrei em um pequeno bosque e ali me transformei de chofre (oh, oh, o diabo pode fazer isso e muito mais) em uma menina de uns doze anos, com uma grande cabeça cheia de cabelos, busto delgado, pernas altas e musculosas. E lá fui eu entrar na brincadeira, levantando a saia para pular melhor. Sou o diabo e reconheço que meus procedimentos frequentemente são brutais e grosseiros; não sou chegado a nuances, a ambiguidades. Portanto não é de surpreender que, ao pular, eu erguesse a saia muito acima do necessário; além disso, dei um jeito de não vestir nada embaixo. O olho de Gualtieri viu imediatamente esse nada; percebi pela pressa com que ele logo imergiu na leitura do livro que apertava entre as mãos. Pouco depois, me afastei do grupo e fui ao encontro dele. Tinha plena certeza de meu êxito, sabia que o atingira à primeira vista no centro de seu alvo mais íntimo.

Chego perto dele; levo na mão um ordinário caderno escolar em cuja primeira página, como sei, está escrito em letras góticas (oh, ainda não consegui me livrar de meus velhos hábitos de diabo de origem alemã) o contrato de sempre. Digo a ele com a típica voz de menina petulante: "Estou recolhendo assinaturas. Pode assinar meu caderno?", e no mesmo instante ponho o contrato sob seus olhos.

Ele os ergueu dirigindo-os primeiro para minhas pernas nuas, depois para meu rosto. Olhou-me bem de frente, como para certificar-se de minhas intenções, e então perguntou: "O que quer de mim, minha linda?".

"Faço coleção de assinaturas. Quero que ponha sua assinatura em meu caderno."

"Deixe-me ver."

Passei-lhe o caderno aberto na página do pacto. Ele o pegou e eu, de improviso, para que ele entendesse o que eu queria, fingi um prurido no púbis e me cocei por cima da roupa. Ele me lançou uma mirada aguda e depois voltou a examinar o caderno. As letras do contrato deviam, naquele momento, flamejar sob seus olhos; mas devo reconhecer que nem um músculo de seu rosto se moveu. Leu e releu aquelas poucas palavras e afinal disse: "Então você quer minha assinatura?".

"Sim, por gentileza."

"E o que você me dá em troca?"

Neste ponto vocês devem pensar que teria sido fácil, além de lógico, responder que eu estava disposta a satisfazer seu desejo no local, no momento e do modo que ele preferisse. Ah, não, de jeito nenhum. Eu não estava ali para favorecer suas viciosas inclinações, as quais, de resto, ele podia satisfazer plenamente sem para isso me vender a alma. Não, eu estava ali por um desígnio grandioso: fazer dele um dos árbitros do destino do mundo. Essa ideia estava claramente expressa, embora de modo sucinto, naquele contrato (não há um contrato modelo, cada contrato é pessoal), e ele, sem dúvida nenhuma, havia entendido tudo no exato momento em que pousou os olhos sobre o caderno. Alguma coisa parecida com um abismo deve ter se escancarado à sua frente, naquele momento, no calor do dia de verão, na banalidade do jardim público. Depois ele se lançou de cabeça nesse abismo, com os olhos fechados, decidido a explorar suas profundezas insondáveis. Repetiu: "Posso saber o que vai me dar em troca?".

Falei sinceramente: "Tudo o que você quiser".

Ele rebateu com extrema frieza: "Só lhe peço uma caneta para assinar o caderno".

Eu estava com a bolsa a tiracolo. Vasculhei ali dentro, peguei minha caneta de estudante e a ofereci. Ele assinou com firmeza, me devolveu o caderno, ergueu os olhos para mim e disse com voz cortante: "Agora é inútil que você fique plantada na minha frente. Vá brincar, vá brincar. Ei, escute, de agora em diante vista uma calcinha". Era justamente o que se diz ao diabo quando ele se traveste de menina. Não esperei duas vezes e pronunciei de um só fôlego: "Obrigada pela assinatura e até breve", e corri para o grupo das meninas de minha idade.

Assim Gualtieri assinou o pacto que, no intervalo de trinta anos de trabalho inspirado e apoiado por mim, o transformou em um dos cientistas mais famosos do mundo. Todavia, apesar da fama e da consequente riqueza, ele continuava lecionando na Universidade de Roma. E eu achava que sabia por quê. Digamos que por sua insaciável curiosidade pela feminilidade. De fato, suas aulas eram muito frequentadas por alunas que ele fascinava com seu aspecto, como já mencionei, ao mesmo tempo severo e doce. Mas nunca me chegou aos ouvidos a mínima notícia de uma relação amorosa entre ele e uma estudante. Eu achava que também sabia os motivos dessa sua correção. Na verdade, Gualtieri deveria ter ensinado não na universidade, onde as mulheres geralmente já passaram dos dezoito anos, mas na escola fundamental, em uma sala lotada de meninas de doze anos, do tipo daquelas que ele havia espiado nos jardins públicos. E a esse seu secreto desejo se opunham o nível de seu magistério e sua fama. Mas quantas vezes, imagino, ele deve ter invejado intimamente colegas bem mais modestos, que lidavam com meninas ainda impúberes das classes inferiores!

Há uma regra jamais rompida na relação do diabo com quem firma um pacto com ele, ou seja, que o credor diabólico só se deixe ver duas vezes: na assinatura do pacto e no momento de quitação da dívida, isto é, no momento da morte do devedor. Mas o diabo pode, se lhe der na veneta, vigiar, espiar e seguir de perto sua vítima, disfarçando-se de todas as maneiras que lhe parecerem convenientes. Devo confessar que Gualtieri me interessava para além de sua profissão, como homem. Havia nele uma soberba arrogante que não me parecia realmente estar de acordo com a posição de inferioridade em que ele se colocara a partir do momento em que assinou o pacto comigo. A propósito disso, recordo uma anedota significativa. Nos primeiros tempos, muito orgulhoso de minha conquista, acompanhava Gualtieri de perto em seus numerosos e crescentes sucessos. Certa noite, eu estava ao lado dele disfarçado de garçom, em um restaurante onde os colegas quiseram homenageá-lo com um banquete. Eis que de repente alguém lhe diz: "Cá entre nós, Gualtieri, você por acaso não fez um pacto com o diabo?". E ele, com enorme calma: "Não fiz, não, mas estaria pronto a fazer". "E por quê?" "Porque hoje o diabo é menos esperto que o homem. Assim, eu é que faria o pacto com ele, e não ele comigo. Ou seja, não seria ele quem me ditaria as regras, eu as ditaria a ele."

Entenderam? Ele queria ditar as regras a "mim"! Tanta presunção me irritava; por isso, tornou-se para mim uma questão de honra achar um ponto fraco desse homem que parecia querer ignorar que ele devia a mim, e somente a mim, seu estrondoso sucesso. Eu gostaria de debelar seu orgulho de algum modo luciferino; de vez em quando, quase, quase me vinha de pensar que, entre nós dois, o diabo era ele. Encontrado o ponto fraco, seria fácil recolocá-lo, como se diz, em seu lugar de miserável criatura humana. A esta altura pode parecer estranho que eu não tivesse notado que o ponto fraco de Gualtieri era simplesmente sua ambição desmedida. Mas a peculiar inclinação erótica de que eu me servira para fazê-lo assinar o pacto me ocultava a realidade, isto é, que ele gostava das meninas, sim, mas não a ponto de colocá-las à frente do sucesso. Em suma, ainda que o sexo tenha servido para facilitar o pacto, o pacto, por sua vez, dizia respeito à ciência, e não ao sexo. No entanto, não me esqueci do longo e penetrante olhar que Gualtieri lançou às pernas nuas da menina em quem eu me disfarçara, nem daquela frase: "Ei, escute, de agora em diante vista uma calcinha", e me pareceu justo transformar-me tomando por base nosso primeiro encontro, o qual na verdade havia criado para sempre um certo tipo de relação entre mim e ele. Assim, numa noite, lá estava eu esperando Gualtieri nos jardins da universidade, logo depois da aula. Estava disfarçado em uma mulher de certa idade, digamos cinquenta anos, com um aspecto modesto e sério, em trajes escuros, mas desmentido, de maneira característica, por uma maquiagem vistosa e equívoca. Gualtieri caminha de cabeça baixa, imerso em suas reflexões; de repente, bloqueio sua passagem e digo: "Professor, só uma palavrinha". Ele para, me esquadrinha e diz: "Me desculpe, não conheço a senhora e estou com pressa, então...". Eu o interrompo imediatamente, baixando a voz de modo exagerado e tratando-o sem cerimônia: "Quando souber o que tenho a lhe dizer, a pressa vai passar". Franze o cenho e diz: "Mas quem é a senhora?". Respondo de pronto: "Alguém que o conhece e quer lhe fazer um favor. Espere, me ouça: tem onze anos, intacta, a mãe já está de acordo, está à sua disposição neste número de telefone", e lhe estendo um pedaço de papel com o número. De repente é como se uma pontada no coração lhe tivesse tirado o fôlego e paralisado as pernas. Está imóvel, pega maquinalmente o pedaço de papel, abre a boca, hesita e então diz: "A mãe está de acordo?". "Com certeza." "E é virgem?" "É claro. Você chega e a deflora com sua grande pica." Subitamente um intenso rubor lhe sobe às faces, como alguém que se sente insultado e gostaria de reagir. Contudo ele se limita a dizer: "E este é o número de telefone?". "Sim, estou ao lado desse telefone quase vinte e quatro horas por dia. Você liga, vem, e em dez minutos a menina chega." "Com a mãe?" "Claro, com a mãe." Parece um obcecado, dá voltas em torno da ideia da mãe que vende a filha como em torno de algo fascinante e incompreensível. Por fim, vai embora sem se despedir de mim, enfiando no bolso o pedaço de papel com o número do meu telefone.

Dessa vez eu estava totalmente seguro do sucesso de minha operação, pois sabia que poucas palavras imprevistas e peremptórias, ditas no momento certo, em alguns casos, como no de Gualtieri, podem abater de um golpe a resistência mais ferrenha. Mas eu me enganava. Nem no dia seguinte, nem nos sucessivos, Gualtieri se fez vivo. Assim, no fim das contas, gastei tempo e esforço à toa: por mais que o diabo possa tudo, encarnar-se em uma velha e experiente cafetina e fazê-la postar-se nos jardins da universidade para oferecer sua mercadoria a um famoso e respeitável professor não é coisa de pouca monta.

No entanto o transtorno tão visível e profundo de Gualtieri diante da proposta da cafetina me convenceu de que eu estava no bom caminho: tratava-se apenas de insistir. Por isso pensei em outra transformação, dessa vez mais direta. Sabia que Gualtieri estacionava o carro nas vizinhanças da própria casa, em um bairro antigo da cidade. Certa noite, sob o aspecto de uma mocinha de treze anos, abri a porta do carro e me encolhi no banco de trás. Querem saber como eu estava? Já digo: exceto por um triangulozinho de tecido sobre o púbis, estava completamente nua. Gualtieri entra, liga o motor; então eu avanço, ponho as duas mãos sobre seus olhos e lhe digo: "Adivinhe quem é". Ele não estremece, não se surpreende, aceita de pronto a brincadeira infantil: "Quem você é?". Respondo com a voz arrastada e vulgar de certas meninas do povo: "Mamãe me expulsou de casa porque aprontei uma das grandes. Então, sem saber aonde ir, me refugiei em seu carro. Mas eu conheço você, sei quem é, vejo sempre passar por aqui, tenho certeza de que não vai me expulsar também". Ele não diz nada; ergue a mão até o espelho retrovisor e me enquadra. Exclama: "Mas você é um menino!". Respondo ficando de pé e descendo a calcinha: "Menino coisa nenhuma! Olhe aqui se sou um menino!". Ele olha demoradamente e então, de modo inesperado, diz: "Ah, é verdade, você é uma menina. Bem, saia". Protesto de imediato: "Mamãe me expulsou nua de casa dizendo: vá pedir um vestido de presente aos homens que lhe pagam. Não quer comprar um vestidinho para mim?". "Não, saia." "Não vou sair, me envergonho de sair assim, nua." Ele não diz nada, sai do carro, abre a porta, me agarra pelo braço e me põe para fora do carro como quem arranca um molusco de sua casca. Depois entra de novo no carro e vai embora.

Então compreendi que precisava pensar em algo diferente: um homem como Gualtieri não se deixa capturar por uma cafetina tosca ou por uma pequena prostituta. Eu tinha pecado por grosseria, estava muito seguro de mim; era preciso uma tentação mais complexa, mais criminosa, mais estranha, digamos, mais diabólica. Pensei um bom tempo e fiquei espantado por não ter pensado nisso antes: era a primeira coisa que devia ter me ocorrido. Gualtieri se casou tarde, com uma mulher bem mais nova que ele, os dois tiveram uma filha, depois se separaram, e a filha, que agora estava com onze anos, alternava temporadas com a mãe e com o pai. Essa filha era o que se costuma chamar de uma verdadeira beldade; de sua figura infantil, mas estranhamente não imatura, emanava o fascínio de uma sensualidade inconsciente e, por isso mesmo, tão mais provocante. Portanto eu devia fazer com que Paola, assim se chamava a filha, induzisse o pai à tentação; e que Gualtieri, por sua vez, se apaixonasse pela filha. Em outras palavras, eu devia fomentar um incesto, empreitada que até o diabo encara de má vontade, porque, salvo em condições especiais e particularmente favoráveis, a relação sexual entre pais e filhos é submetida a um férreo tabu, contra o qual há bem pouco a ser feito. Agora, porém, essas condições especiais e particularmente favoráveis existiam: Gualtieri amava as meninas. Além disso, a tentação era favorecida pelo caráter soberbo do homem, para quem justamente o tabu podia a certa altura se tornar mais um incentivo que um impedimento. Faltava a menina. Alguém talvez queira saber como é que o diabo faz para "atiçar" uma menina de onze anos. Neste caso foi muito simples. Numa manhã daquele verão, bem cedo, me transformei numa dessas borboletas brancas bem comuns, chamadas de borboleta-da-couve. Voando, entrei pela janela aberta do quarto da filha. Lá estava ela, a linda Paolina, imersa no sono e completamente nua, deitada de pernas abertas fora do lençol, deixado para trás por causa do grande calor. Esvoaçando aqui e ali, acabo pousando sobre o púbis adormecido, bem ali onde uma leve dobra da carne prenuncia o início do sexo. É um átimo, mas nesse átimo consigo infundir na menina de onze anos a malícia, a voluptuosidade, o desejo de uma mulher de trinta. Minha intervenção "funciona". No fim de tarde daquele mesmo dia, como se estivesse inspirada, Paola pega o livro de matemática, o caderno e vai decidida ao escritório do pai. Sem bater, entra e diz a Gualtieri, que está sentado à escrivaninha, lendo: "Papai, você prometeu corrigir minha tarefa, estou aqui". Gualtieri pensa sem malícia, diz que está pronto, aponta-lhe a cadeira ao lado da sua. Mas Paola responde: "Vou me sentar em seu colo, assim vejo melhor as correções"; e, sem esperar, sobe nos joelhos do pai e se ajeita o melhor que pode. Aproveito as sacudidas que, ao se ajeitar, ela imprime aos quadris para dar a impressão de que queira exercer com as nádegas uma espécie de presa sobre o membro do pai. Mas isso ainda não basta: julgando que a filha faz aquilo sem querer, Gualtieri ainda poderia afastar a tentação e fazer a filha descer de seu colo. Então ajo de modo que Paola dê a ver que fez isso "de propósito". Este é um dos feitos mais difíceis de minha longa carreira: dar a "entender" a Gualtieri que Paola age de propósito e, ao mesmo tempo, não se dá conta de que o faz de propósito. Então procedo da seguinte maneira: Paola se movimenta, se ajeita sobre os joelhos paternos e por fim, aí está, consegue "prender" Gualtieri. Depois se imobiliza de repente, como atenta a alguma coisa que está "sentindo"; sua lição pode começar, mas numa atmosfera bem diferente da que geralmente envolve um bom pai que corrige as tarefas da filha pequena. Distraída e pensativa, Paola está parada de modo pouco natural, já que ela costuma ter grande vivacidade; por sua vez, Gualtieri tem inexplicáveis retardos na voz, que indicam uma perturbação profunda. Entretanto, enquanto a lição avança, eu não fico de braços cruzados.

Para criar uma atmosfera propícia à trágica transgressão do tabu do incesto, faço de modo que se adense sobre a cidade um espantoso temporal.

Uma massa de nuvens negra e imóvel paira sobre os campanários, as cúpulas e os telhados de Roma como uma testa franzida por pensamentos sombrios; no escritório está quase escuro; pai e filha instintivamente se agarram um ao outro, como se suas mãos fossem as de um outro; quase incrédulo, Gualtieri percebe que se arrisca a uma tímida carícia. Paola o deixa agir por algum tempo; então bufa impaciente, pega a mão dele e a conduz francamente para o lugar certo. Mas Gualtieri tem um último espasmo de resistência; com a outra mão, acende a lâmpada. Paola então escorrega de seus joelhos e propõe: "Chega de tarefas. Agora vamos fazer uma brincadeira. Eu me escondo; depois, quando já estiver escondida, eu chamo e você me procura". Gualtieri aceita: agora aceitaria procurá-la até no inferno. Sob minha influência, Paola acrescenta uma recomendação: "Se me achar, não adianta passar as mãos em mim. Grite meu nome, já que estamos só nós dois no apartamento". Com esse conselho, que na verdade é uma provocação, ela desaparece na ponta dos pés.

Gualtieri continua sentado à escrivaninha e leva as duas mãos à cabeça. Mas esse gesto de desconforto não o impede, depois de um minuto, quando ecoa o esperado chamado: "Estou escondida, pode me procurar", de pular da cadeira e sair depressa do escritório. Agora intervenho de novo, servindo-me do temporal. Apago as luzes de todo o bairro de Gualtieri; ao mesmo tempo, faço explodir ao longe um trovão rouco e cavernoso, de excepcional duração, enquanto um relâmpago ofuscante, de uma luz intensa e vibrante, ilumina de modo claríssimo e irreal o vestíbulo onde Gualtieri já está tateando entre as dobras das cortinas. O relâmpago se apaga, o trovão morre distante; no escuro e no silêncio do apartamento ouve-se apenas o rumor amplo e contínuo da chuva que cai sobre a cidade. Mas eis que de repente, metálica, a voz de Paola: "Por que não me procura?".

Entre trovões e relâmpagos, Gualtieri, aparentemente já conformado com o que está prestes a acontecer, sai às apalpadelas do vestíbulo e avança pela sala. Ora, por sua própria disposição, a sala de estar favorece meu plano, que consiste em fazer que o tabu do incesto seja transgredido numa atmosfera macabra. Trata-se, com efeito, de um antigo terraço coberto, cujas arcadas foram fechadas por grandes janelões. Se o incesto ocorrerá, como não pode deixar de ocorrer, os relâmpagos, os trovões e a chuva que lhe servem de cenário convencerão Gualtieri de que até a natureza se rebela contra seu crime terrível. Mas também é verdade que, enquanto outro em seu lugar talvez se desencorajasse, ele, de fato possuído, talvez tire disso ainda mais coragem.

Assim Gualtieri entra na sala tateando. Tenho motivos para crer que, a esta altura, Paola já tenha finalizado certos preparativos, e então desencadeio um relâmpago intensíssimo, cuja luz lívida dura ao menos meio minuto. Nesse momento, no fundo da sala, Gualtieri vê Paola deitada sobre um sofá, na atitude de espera cativante da célebre Maja desnuda (eh, eh, eu sou um diabo culto) de Goya, isto é, com as duas mãos unidas atrás da nuca, o peito para fora, o ventre para dentro e as pernas bem fechadas. Está completamente nua; a única diferença em relação ao quadro famoso é que tive o cuidado de fazer de tal modo que a fenda branca, inchada e implume do sexo esteja bem visível, constitua o centro da visão. O relâmpago se apaga, finalmente a escuridão retorna; agora espero que Gualtieri se lance sobre a filha. Já sei o que vai acontecer: nesse mesmo instante, Paola se dissolverá em névoa entre os braços do pai, e a ele só restará morder o estofado do sofá. Esta é de fato a norma de tais encantos diabólicos: serem reais somente até certo ponto, ou seja, até o ponto, digamos assim, de ruptura, como os sonhos. Para além desse ponto, eles se tornam fantasmas evocados por uma mente perturbada.

Mas uma surpresa me aguarda. No escuro ouço de repente uma gargalhada sarcástica, selvagem, e depois a voz de Gualtieri que exclama: "Um Goya! Um Goya em minha casa! É preciso guardar a lembrança desta aparição. Preciso tirar uma foto de minha pequena duquesa d'Alba. Agora fique parada. Papai vai tirar uma foto sua. E para captá-la, em vez do flash, vou usar esses magníficos relâmpagos de temporal!". Dito e feito. Antes que eu me refaça do susto, Gualtieri pesca no fundo de uma prateleira uma máquina fotográfica e então, entre contínuas gargalhadas de entonação realmente diabólica, servindo-se, como anunciou, dos "meus" relâmpagos, fotografa várias vezes a filha deitada nua no sofá. É inútil contar o resto, ou seja, como Gualtieri, de tanto fotografar, fez que passasse a vontade incestuosa; e como por fim ordenou que a filha se vestisse e fosse de novo estudar. De tanta raiva, suspendo o temporal antes da hora. Gualtieri volta ao escritório e eu, derrotado, abandono a partida.

Entenderam? No último momento, em vez de se desafogar na ação, Gualtieri escolheu a via da contemplação. Recorreu ao velhíssimo truque da reprodução artística, ou quase. E ainda zombou de mim, servindo-se dos relâmpagos do "meu" temporal como flashes da câmera. Cheio de mau humor, imediatamente desativei a carga de luxúria precoce de Paola e a fiz retornar ao torpor da inocência infantil. Quanto a Gualtieri, decidi não o tentar mais. Nosso pacto venceria dali a dois anos, agora só me restava esperar a meia-noite do dia fatal e reaver meu crédito. Dias depois, fiquei sabendo que Gualtieri tinha aceitado lecionar em uma universidade americana e viajara para os Estados Unidos.

Alguém agora objetará que, por ser o diabo, eu desisti cedo demais. Sinto que devo uma explicação sobre esse ponto. Como já mencionei, na verdade o próprio fato de eu ter favorecido a ambição de Gualtieri me impediu, depois da noite do temporal, de tentá-lo de novo em sua inclinação aos amores infantis. Não se pode servir a dois senhores. O jovem solitário e inseguro sobre seu destino, aquele que eu havia encontrado nos jardins públicos, ainda hesitava entre a ambição e o sexo. Ao pedir que ele assinasse meu caderninho de aluna, me servi do sexo como um meio para alcançar meu objetivo, mas ao mesmo tempo fiz com que ele colocasse a ambição no topo de sua vida. Incapaz de dominar sua inclinação secreta, a partir daquele momento Gualtieri tinha finalmente encontrado na ambição o limite que a consciência lhe recusava. Um grande cientista não pode passar o tempo assediando meninas. Assim Gualtieri se salvou no mesmo instante em que, assinando o caderno, se perdia para sempre.

De todo modo, por quase dois anos, me desinteressei de Gualtieri. Dos Estados Unidos me chegavam os ecos de seus extraordinários sucessos; mas eu não me regozijava com isso, o que me parecia estranho, porque afinal de contas eram obra minha. Em geral, enquanto espero entregá-los à danação eterna, acompanho atentamente os sucessos de todos os que fizeram o pacto comigo e não posso me eximir de experimentar alguma satisfação, tal como um grande artesão diante de um objeto fabricado por ele. No entanto, no caso de Gualtieri, me dei conta de que uma espécie de sentimento despeitado de frustração minava o costumeiro contentamento artesanal. Por que isso? Por fim, após longas reflexões, cheguei à única conclusão possível: eu tinha me apaixonado por Gualtieri. Alguém pensará em um amor homossexual: o diabo é masculino. Mas não é assim. O diabo pode ser indiferentemente masculino ou feminino, heterossexual ou homossexual. E como poderia ser de outro modo, visto que, entre outras coisas, pude até ser uma borboleta? No caso de Gualtieri eu era feminina, irremediavelmente feminina. Desprezado e rejeitado por ele em um disfarce que me havia sido ditado por suas viciosas inclinações, eu agora estava apaixonado por ele como se o próprio disfarce se transformasse em uma segunda natureza. Era uma mulher e amava Gualtieri e não me importava mais nada saber que ele é loucamente ambicioso e cheio de sucessos; eu o queria como amante e, antes de lhe reapresentar o caderno fatal, queria fazer amor com ele, a qualquer custo.

O segundo dos dois anos já estava para terminar; então, de uma hora para outra, me decidi: iria encontrar Gualtieri nos Estados Unidos e buscaria tentá-lo mais uma vez, antes de me apresentar a ele com minhas verdadeiras feições de diabo e exigir dele a observância do pacto. Mas ainda restava a dificuldade do disfarce. Gualtieri ensinava na universidade de A.; eu já sabia que não poderia frequentar suas aulas, como teria sido necessário, sob a aparência de uma menina de doze anos. No entanto era indispensável que Gualtieri visse em mim, adulta, algo da menina que o havia seduzido anos antes.

Eu quebrava a cabeça: um rosto redondo, com olhos enormes, franjinha e traços minúsculos, uma cara de menina em um corpo de mulher? Mãos pequenas, pés pequenos? Seios ainda em botão? Estatura mais baixa que a normal? Uma a uma eu descartava essas hipóteses pela simples razão de que todas as mulheres têm pelo menos um desses traços e nem por isso são confundidas com meninas. Depois, de repente me veio uma lembrança. Naquela noite em que levei Gualtieri até a beira do incesto, notei em seu escritório, pendurada na parede em frente à escrivaninha, uma fotografia ampliada e emoldurada. Devia ser uma foto tirada por Gualtieri durante uma viagem ao Oriente. Nela se via uma jovem cambojana ou malaia ou japonesa que com uma mão segurava a mão de uma menina e com a outra sustentava na cabeça um grande cesto cheio de frutas. No gesto de erguer o braço para sustentar o cesto, o tecido que lhe envolvia os quadris, e que constituía toda a sua vestimenta, se abrira na frente, dando a ver o sexo nu. Era um sexo de menina, ou seja, uma simples fenda branca, desprovida de pelos e com as bordas intumescidas; mas o comprimento da fenda era o de uma mulher adulta: começava pouco abaixo do umbigo e terminava sabe-se lá onde, entre as coxas. Um golpe de sabre nu e cicatrizado; ainda mais impressionante porque formava um acentuado contraste com a atitude maternal da mulher. Enquanto Gualtieri revisava minha tarefa de matemática, pude ver aquela fotografia; e raciocinei que aquele sexo era parecido com o meu, e que sem dúvida Gualtieri ampliara e emoldurara a foto por causa daquele detalhe tão anormal de um sexo de menina no corpo de uma adulta. Enfim, era evidente que todo o resto não lhe interessara, sobretudo porque a fotografia não tinha mais nada de interessante, era uma dessas fotos que os turistas tiram aos milhares durante suas viagens ao Oriente. Restava a questão, aliás pouco importante, se a fotografia tinha sido casual, um instantâneo, ou preparada. Eu tendia para a segunda hipótese; imaginava perfeitamente Gualtieri pagando uma boa soma em dinheiro e depois fazendo a jovem malaia posar: com uma menina na mão e uma cesta cheia de frutas na cabeça. Nesse ponto, via-o abrir o tecido como um sipário minúsculo, apenas o suficiente para que se visse por inteiro o sexo nu, tão excepcional e surpreendente por seu aspecto infantil e sua grandeza adulta. Para alguém como ele, descobrir essa anomalia, uma mulher com sexo de menina, deve ter sido como, para um colecionador de selos, descobrir um raro exemplar até então inalcançável.

Então entendi pela primeira vez que não eram tanto as meninas, mas o sexo delas, e apenas o sexo delas, com suas cores, seu desenho e seu relevo, que fascinava Gualtieri. Paradoxalmente era possível pensar, aliás, que ele fosse ávido por esse preciso contraste entre um corpo adulto e um sexo infantil. Quem sabe até pudesse amar uma velha que tivesse o sexo com aquela conformação.

111

De resto, assim também se explicava uma das tantas fotos que ele tirou de mim na noite do temporal: muito de perto, com um joelho apoiado no chão, apontando de modo ostensivo a objetiva para o centro do meu corpo.

Não hesitei mais. Criei uma personagem segundo as observações que relatei até aqui: uma mulher não muito jovem, de seus trinta anos, alta, formada em todo o corpo como uma adulta, salvo no sexo. Este último, eu quis tal e qual o de uma menina, mas monstruosamente grande: branco, sem pelos, inchado nas bordas. Acrescentei uns seios baixos e abundantes, de maciez e formato decididamente maternos, quadris estreitos, uma bunda pequena, pernas bem torneadas e muito compridas. Por fim, pensando na fotografia da jovem malaia, quis que meu rosto tivesse traços euroasiáticos: olhos um tanto oblíquos, embora desprovidos do epicanto mongol, nariz e boca minúsculos, cabelos pretos e lisos. Além disso, contava com o fato de que os euroasiáticos são numerosos nos Estados Unidos: assim eu lembraria a Gualtieri a garota malaia sem dar muito na vista. Último detalhe: eu seria cultíssima na matéria que Gualtieri lecionava em seu seminário. Portanto pretendia fasciná-lo com duas monstruosidades: o sexo enorme e uma cultura extraordinária.

Muito satisfeita de ser quem eu era, peguei o avião e, depois de uma longa viagem, aterrissei no aeroporto de A., em pleno deserto. O estado em que A. se localiza é famoso por sua central nuclear, onde se fazem continuamente experimentos atômicos; a universidade, no fundo, não é mais que um apêndice dessa central. O seminário estava na primeira aula quando me apresentei na sala e fui me sentar na primeira fila. Bem naquele momento Gualtieri estava anunciando o tema do seminário: distantes possibilidades de desenvolvimentos futuros das descobertas mais recentes. Era um título que prometia; depois da aula, que tratou de questões gerais, me aproximei de Gualtieri e me apresentei. Imediatamente entendi que ele não me dava nenhuma importância: para ele, eu era apenas uma estudante entre tantas. Então, aproveitando uma oportunidade em que ele estava sozinho, lhe lancei a flecha de uma observação de tipo científico que demandava um conhecimento infinitamente superior ao de seus alunos. Uma observação cuja dimensão, em síntese, só três ou quatro no mundo estávamos preparados para apreender. Vi Gualtieri estremecer e olhar-me surpreso sob as densas sobrancelhas pretas. Então ele me perguntou em que universidade eu tinha feito meus estudos, e respondi que eu vinha da Universidade de Tóquio. Fiquei muito contente com o espanto que lhe inspirei; agora ele não me confundiria mais com seus outros alunos. Mas era apenas o início. Agora eu devia agir de modo que ele se apaixonasse por mim; e já tinha certeza de que o conseguiria apenas com a exibição de meu incrível, insólito e monstruoso sexo infantil.

Não era uma empresa simples: é mais fácil pôr à mostra o próprio conhecimento que exibir a própria anomalia sexual. Para ser franca, de início, seja porque eu devia, ao menos num primeiro tempo, representar o papel da estudante culta e inocente, seja porque ainda esperava não ser forçada a me exibir, quis recorrer às habituais manobras com que uma mulher tenta atrair para si a atenção do homem que ama. Eu me sentava, como já disse, na primeira fila, sem desgrudar os olhos dele, e com os olhares tentava expressar sem nenhuma reserva o sentimento amoroso que experimentava por ele. Mas logo tive de admitir que Gualtieri não tinha nenhum interesse por mim, ou pelo menos pela parte de minha pessoa que ele era capaz de ver. Para ele, eu era uma graciosa garota euroasiática, uma de suas tantas alunas; muito culta, é verdade, aliás, culta de maneira surpreendente; mas isso era tudo. Então o que fazer?

Tentei abordá-lo de novo com o pretexto da matéria que ele havia tratado na aula. Mas agora, passada a primeira surpresa por meus excepcionais conhecimentos, Gualtieri, como logo me dei conta, em vez de interessar-se ainda mais por mim, tendia a me evitar. Me perguntei várias vezes qual seria o motivo dessa atitude. Estava constrangido pelo sentimento que eu deixava transparecer claramente em meus olhares? Ou seria por meus conhecimentos científicos? Depois de uma longa reflexão, disse a mim mesma que Gualtieri devia estar bastante habituado ao fato, aliás lisonjeiro para sua vaidade, de que as estudantes se apaixonassem por ele. Entretanto havia algo no modo como ele tentava escapar às minhas doutas observações que eu não conseguia entender. Eu era sem dúvida sua aluna mais informada e mais brilhante: por que ele tentava me manter à distância? Por fim, foi o próprio Gualtieri que me forneceu a explicação.

Aconteceu na metade do seminário. As lições de Gualtieri se tornavam cada vez mais difíceis e obscuras; ao mesmo tempo, dele emanava visivelmente um humor estranho, entre a violência e a melancolia. Ele era brusco e ao mesmo tempo triste, simultaneamente fosco e impaciente. Era como se um pensamento dominante e inconfessável o atormentasse à medida que o tempo passava. Naturalmente eu sabia muito bem qual era esse pensamento: daqui a não muito, apenas a algumas semanas, venceria o prazo do pacto e eu me apresentaria a ele, com meu verdadeiro rosto, para cobrar o preço por meus não desinteressados favores. Mas, estranhamente, eu tinha a impressão de que não era apenas o pacto que o angustiava; havia algo mais. Mas o que era?

De repente as aulas sobre os futuros desenvolvimentos da ciência assumiram um caráter simultaneamente fantástico e catastrófico, pelo menos para mim, que entre todos os estudantes era a única que podia entender onde Gualtieri estava indo parar. Seja porque ele agora falava sobretudo por enigmas, seja porque se recusava a dar explicações a qualquer pedido de esclarecimento, muitos alunos começaram a abandonar as aulas: os modos bruscos, o discurso obscuro e, em geral, a atmosfera delirante do seminário desconcertavam a maioria. No final, fomos pouquíssimos os que continuamos, em uma sala bem grande. Na primeira fila só restava eu. Depois, duas ou três filas de bancos atrás, se espalhava no máximo uma dúzia de estudantes.

De repente, durante uma aula particularmente espinhosa, me veio uma iluminação. Gualtieri falava daquele modo porque, segundo todas as evidências, aludia a uma descoberta específica que ele fizera e ainda não havia divulgado. Portanto ninguém sabia nada a respeito dessa descoberta, salvo ele; e ninguém, consequentemente, podia compreender sua dimensão, salvo eu. Naquele dia, tomei uma grande quantidade de notas; então, ao voltar para casa, tentei articular em um conjunto coeso esses fragmentos esparsos. O que finalmente compreendi me deixou chocado. Lembro que levantei a cabeça da escrivaninha e por um momento olhei fixamente através do vidro da janela para o deserto cinzento e frio, sobre o qual estava morrendo um sol vermelho como o fogo. Então inclinei de novo a cabeça sobre meus papéis, retomei o estudo de minhas anotações e por fim tive de reconhecer que minha primeira impressão estava correta: na verdade, Gualtieri falava sobre o fim do mundo. A isso de fato, e não a outra coisa, levavam os desenvolvimentos futuros da ciência, aos quais ele havia dedicado o seminário.

Agora eu entendia ou pelo menos intuía obscuramente o drama de Gualtieri. Tinha chegado a conclusões catastróficas; ao mesmo tempo, estava ameaçado por uma catástrofe pessoal. Uma catástrofe estava associada à outra. Se de fato Gualtieri não houvesse vendido a alma, não teria feito a descoberta; e justamente essa descoberta, obtida ao preço da catástrofe pessoal, agora ameaçava provocar a catástrofe total.

Essa intuição muito humana me fez subitamente entender alguma coisa que minha natureza de diabo até então me ocultara: eu não estava mais ali para tentar Gualtieri e humilhá-lo por meio de seu vício; estava ali porque o amava. Entendi isso pelo sentimento de compaixão afetuosa e de todo feminina que experimentei ao vê-lo enquanto falava da cátedra, vendo-o tão sombrio e desesperado. Quis estar perto dele, acariciar sua testa, apertar-me a ele, dizer palavras afetuosas. Mas a esse sentimento amoroso se opunha minha consciência dos limites que impunha ao amor o fato de eu ser o diabo. Já falei que sabia perfeitamente que, no exato momento em que Gualtieri me abraçasse e penetrasse, eu desvaneceria como névoa ao sol. Quando ainda pensava em punir Gualtieri por sua soberba, servindo-me de sua queda pelas meninas, tinha imaginado que justamente o fato de que eu me dissiparia entre seus braços conferiria à punição um caráter de trapaça muito afinada com minha natureza diabólica. Todavia, agora que eu tinha descoberto que o amava, me dava conta de que, entre nós dois, a trapaceada seria exatamente eu. Eu me dissiparia bem no momento supremo, inefável; e depois só poderia reaparecer diante dele em minhas horrendas feições de diabo, para exigir sua alma com o ritual costumeiro e implacável; magro consolo, o qual agora eu dispensaria de bom grado: não queria sua alma em outra vida, a queria nesta vida que estávamos vivendo juntos, aqui! No entanto é característico da natureza humana, à qual eu me transferira, continuar esperando com o corpo mesmo quando a mente desespera. Assim, a certeza de me dissolver em fumaça assim que chegássemos ao amplexo não influía de modo nenhum em meu sentimento por Gualtieri. Mesmo sabendo que nunca poderia me unir carnalmente a ele, me sentia impelida a ele por um poderoso impulso de dedicação física; e quase esperava, sim, obscuramente esperava que pelo menos neste caso a norma infernal pudesse ser transgredida. Mas o que era essa esperança em certa medida desesperada e de todo modo infundada senão o amor? Aquele amor que, na origem, deveria me servir para encalacrar Gualtieri e em cujos laços, ao contrário, agora eu sentia ter caído? Assim decidi desfrutar o que eu havia intuído para forçar Gualtieri a marcar um encontro comigo fora da universidade, de preferência na casa dele. No final da aula seguinte àquela que me iluminara, me aproximei dele e, falando com voz baixíssima, lhe disse em tom confidencial: "Entende-se que os desenvolvimentos da ciência, tal como o senhor os explanou em seu seminário, conduzem diretamente ao fim de tudo. É exatamente isso que o senhor quis dizer, não é?".

Fiquei tocada por seu aspecto: emagrecido, macilento, com as sobrancelhas sinistras suspensas sobre olheiras encavadas e febris, o nariz aquilino semelhante a um bico, parecia uma ave de rapina com as penas eriçadas e hostis, pronta a atacar qualquer um que ousasse se aproximar dele. De fato, falou quase com raiva: "Não se entende coisa nenhuma. Diga, se tanto: eu entendi".

"Contudo está claro: a partir de certas premissas, só se pode chegar a uma única consequência."

"Qual, por favor?"

Sua voz era tão áspera que preferi responder: "Gostaria de uma reunião com o senhor, se possível em sua casa, para discutir sobre todas essas coisas".

Exclamou com a voz sempre alterada: "Em minha casa? Não é possível".

"Mas por que não é possível? Tudo é possível para os homens de boa vontade."

Ele então respondeu com brutalidade: "Olhe, já entendi há tempos qual é sua intenção. Mas infelizmente não estou apaixonado pela senhora nem acredito que jamais estarei".

"Tem mesmo certeza disso?"

"Procure um amante entre os rapazes do seminário,

já que tem tanta vontade. E me deixe em paz de uma vez por todas."

Essas últimas palavras foram pronunciadas em voz alta; por sorte os outros estudantes já tinham saído e estávamos sós. Olhei a sala, em que todas aquelas filas de cadeiras vazias pareciam me encorajar a uma intimidade maior; por um momento, tive a louca tentação de levantar a estreita minissaia em que minhas coxas estavam fechadas como numa bainha e deixar que me comesse, como qualquer fêmea de cão ou gato, por trás, ali, embaixo da cátedra. Foi um instante violento e ardente de desejo; depois, com mais humana moderação, decidi me limitar a declarar meu amor. Mas algo daquele desejo bestial e inocente deve ter ficado na voz humilde e baixíssima com que lhe respondi: "Eu só amo você, ninguém mais", porque Gualtieri, talvez comovido, de repente se acalmou. Ergueu uma mão, me fez um carinho na bochecha, perguntou: "Me ama de verdade?".

Respondi com ímpeto: "Muito".

Ele falou decidido: "Não pense mais nisso. Não estou disponível, não há nada a fazer".

Retomei a coragem e expliquei com ousadia: "Tenho motivos para acreditar que em meu corpo há um detalhe físico que pode lhe agradar. Na próxima aula, vou dar um jeito para que esse detalhe fique sob seus olhos. Se é verdade que você ama a coisa que vou lhe mostrar, peço que me faça um gesto com os olhos baixos, assim", e lentamente baixei as pálpebras. Ele me olhou por um instante, perplexo e talvez já perturbado. Então falou em tom paternal: "Você é uma garota estranha".

Peguei a mão dele, levei-a aos lábios e a beijei com paixão. Então, com um apressado "até amanhã", me retirei.

Na tarde do dia seguinte, antes de ir para a aula, tiro do armário uma roupa cambojana, casaca e calças, de tecido preto. Com a ajuda de tesouras, agulha e linha, alargo a abertura da frente, na altura do púbis, e depois recoloco o zíper que havia retirado: agora, com a calça vestida, o zíper mal se fecha; bastará puxar a lingueta para baixo para que meu ventre firme e elástico de jovem mulher salte para fora da calça bem justa, deixando à mostra o incrível sexo de menina. A ideia era me sentar como sempre na primeira fila e, no momento propício, baixar o fecho do zíper e ao mesmo tempo alargar como um sipário, sobre o espetáculo do meu sexo, as duas abas da casaca. De modo que Gualtieri teria sob os olhos, durante toda a aula, aquele detalhe físico insólito e para ele irresistível, que no dia anterior eu me gabara de poder lhe exibir.

Assim que a aula começou, logo notei que Gualtieri parecia perturbado. Falava num tom cansado, alternando frases pronunciadas depressa com silêncios longos demais, não tanto como quem não conhece as coisas de que está falando, mas como quem não consegue se concentrar na própria fala porque está pensando em outra coisa. Eu acompanhava a lição menos ouvindo as palavras que olhando para ele; queria surpreendê-lo com minha exibição no momento em que olhasse para baixo, em minha direção. Gualtieri falava, a cabeça apoiada na mão, os olhos voltados para o fundo da sala. Então ele se empertiga e começa a encher um copo de água. Rápida, desço a lingueta do zíper, a calça se abre de pronto, o ventre desponta e então afasto as duas laterais da casaca e me inclino para trás de pernas alargadas, avançando o púbis para fora. Nessa posição quase horizontal do corpo, sei que a fenda branca e inchada do sexo está visível em toda a sua anormal extensão, do fundo das coxas abertas até quase o umbigo. É o mesmo sexo infantil que há cerca de trinta anos o fez assinar o caderno no jardim público; que a cafetina lhe ofereceu na universidade; que a pequena prostituta de onze anos lhe mostrou ao baixar a calcinha no carro; e que, por fim, sua filha o deixou fotografar por tanto tempo e com tanto contentamento durante o temporal desencadeado por mim sobre Roma. É o sexo sonhado por ele a vida inteira; e que a ambição sempre o impediu de gozar senão em sonho. Agora esse objeto privilegiado e obsessivo de seus desejos mais secretos lhe é exibido, proposto, ofertado em um momento em que ele não tem mais nada a perder ao aceitá-lo e satisfazer seu prazer.

Eu tinha certeza de que nenhum dos poucos estudantes distribuídos ao fundo da sala estava me vendo; e assim não hesitei em manter aberto, pelo maior tempo possível, o sipário das duas abas da casaca. A certa altura também pensei em alisar meu púbis com a mão, como às vezes fazem as meninas inconscientemente impudicas e provocantes. Então, enquanto alongava distraidamente a palma da mão sobre o ventre, dei uma olhada ao redor e vi que a porta da sala estava entreaberta, e que dois olhos cintilantes me espiavam através da fresta. Quase no mesmo instante dirigi o olhar para Gualtieri: estava bebendo a água que havia se servido; sobre a borda do copo, vi claramente que seus olhos baixavam as pálpebras em sinal de concordância.

Como a natureza feminina é impressionável, mesmo quando se trata de um disfarce do diabo. Após ter visto aqueles dois olhos que me espiavam, eu me sentia mais morta que viva: na habitual segurança se infiltrara um sentimento confuso de medo e de vergonha. Precisava repetir a mim mesma "lembre-se de que você é o diabo"; mas experimentava igualmente os sentimentos de uma jovem mulher que sabe ter sido flagrada enquanto se deixava levar por uma sedução ousada demais. Esse sentimento de medo se transformou em pânico quando a porta se abriu inteiramente e um rapaz de jeans e casaco xadrez, cabelo ruivo e olhos celestes e cintilantes, veio sentar-se ao meu lado. Naturalmente, assim que vi Gualtieri fazer o sinal combinado, apressei-me em fechar a calça. Mas logo entendi que era tarde demais. Meu vizinho rabiscou um bilhete e depois o passou para mim,

sem nem querer disfarçar muito. Não pude deixar de lê-
-lo. Com a apropriada palavra do jargão estudantil, fazia
o elogio da coisa que eu tinha mostrado a Gualtieri; depois, peremptoriamente, me convidava a esperá-lo fora
da sala. Pus o bilhete no bolso e, com o coração aos pulos,
olhei para Gualtieri: a aula tinha terminado, e ele estava
se levantando. Então me ergui do banco de um salto e
andei até um passo antes da cátedra, bem no momento
em que Gualtieri estava descendo. Sussurrei-lhe em voz
baixa: "Estou perdida, aquele cara de cabelo ruivo me
viu". Gualtieri entendeu imediatamente e virou os olhos
para o estudante que naquele momento também se levantava; então me disse: "Agora vamos sair juntos, pe-
gue-me pelo braço e tente conversar comigo".

Exclamei com fingida vivacidade: "Que aula magnífica, professor, posso lhe fazer apenas uma pergunta?", e
ao mesmo tempo passei o braço sob o dele e tive a alegria
de sentir que ele o pressionava em um cúmplice aperto de
entendimento. Depois ele disse de volta: "Quem faz perguntas sou eu. Você realmente é assim naquele lugar ou...".

"Ou o quê? Sou assim desde a infância. Fiquei aos
trinta anos exatamente como era aos oito."

"Você não se depila ou coisa assim?"

"Depilar? E por que o faria? Nunca tive nem sombra
de pelo."

Agora estávamos fora da sala, no corredor. Subitamente o rapaz de cabelo ruivo e olhos celestes e brilhantes

interrompeu nossa passagem: "Professor Gualtieri, ela é minha namorada. Por favor, temos um encontro para o jantar, esta noite".

Exclamei um tanto histericamente: "Não é verdade, não temos encontro nenhum".

O rapaz estava ao mesmo tempo embaraçado e resoluto. Falou estendendo uma mão e pegando-me pelo braço: "Vamos, vamos, a gente discutiu um pouco, é verdade, mas agora já passou, venha, se despeça do professor e vamos".

Apertava meu braço com força, me fixava nos olhos com suas pupilas cintilantes, como as de um louco. Falei: "Tudo mentira, nunca te vi em toda minha vida".

Seu pequeno rosto triangular estava parado, como de pedra, assentado em um largo pescoço musculoso. Por fim falou em voz baixa, como excluindo Gualtieri do diálogo: "Mas eu te conheço muito bem".

Dessa vez Gualtieri interveio com falsa e convencional autoridade: "Vamos, vamos, deve ter havido um equívoco, esta é minha filha e ela não o conhece de fato. Aliás, o senhor não a conhece. Pode me dizer como se chama?".

Com o pequeno rosto sobre o pescoço largo, o rapaz não disse nada. Os olhos falavam por si. Era claro que ele poderia gritar a verdade, ou seja, que tinha me visto com o púbis nu estendido para o homem que se dizia meu pai. Mas, afinal de contas, era um rapaz educado, não um arruaceiro. Limitou-se a pronunciar entre os dentes: "Que belo pai!". Gualtieri me tirou dali quase às carreiras, em direção à saída. Poucos minutos depois, corríamos de carro pelo deserto, rumo ao horizonte ainda incendiado pelo pôr do sol. Gualtieri dirigia com uma concentração intensa, como quem pensa obstinadamente em algo e não consegue chegar a uma conclusão precisa. Finalmente disse: "A propósito, aquele estudante não sabia seu nome. Mas agora me dou conta de que nem eu mesmo sei".

Fiquei mal. Claro, eu tinha um nome no passaporte que exibi à polícia em minha chegada ao aeroporto. Mas me dei conta de que eu também tinha esquecido. Falei ao acaso: "Chame-me de Angela".

No fim das contas, era um nome que dizia a verdade: o diabo é um anjo decaído, expulso do céu, arremessado à terra. Ele respondeu sério, como dizendo para si: "Não, vou chamá-la de Mona".

"Por que Mona?"

"Em dialeto vêneto, quer dizer aquilo que você me mostrou durante a aula. Mas ao mesmo tempo é a segunda parte de De-mona. De resto, aqui na América há muitas mulheres que se chamam Mona."

"Demona", repeti, "por que Demona?".

"Ou Mefista."

Então ele havia entendido. Ou melhor, tentava adivinhar, partindo de uma suspeita mais que legítima. Por um átimo imaginei o que aconteceria se eu admitisse que era o diabo. No mínimo Gualtieri, horrorizado com

126

a ideia de que sob aparências tão gentis se escondia o velho e repugnante cabrão (assim a humanidade representa minha figura há tempos imemoriais; na realidade sou um espírito e, como tal, posso ser qualquer coisa), não faria mais amor comigo, aquele amor impossível ao qual, no entanto, eu ainda aspirava com todas as minhas forças. Por isso decidi negar logo, e negar tudo: "Mas que ideia? Por que Mefista? Não entendo".

Respondeu depois de um momento de silêncio, falando entre os dentes: "Porque você é o diabo. Admita, e tudo será mais simples".

O que ele queria dizer com aquele "tudo"? A fatal revelação da meia-noite, agora iminente? Ou o amor? Respondi: "Eu sei por que você pensa que sou o diabo. Em seu lugar, francamente, eu pensaria o mesmo".

Depois de uma longa corrida, tínhamos chegado a um grande espaço asfaltado no meio do deserto. Viam-se poucos carros estacionados em torno, um guindaste, dois tanques do exército americano. Ao fundo da esplanada se entreviam os portões fechados de um recinto cujas paliçadas, repletas de arame farpado, se perdiam de ambos os lados na escuridão já completa da noite. Gualtieri deu meia-volta e foi parar numa zona de sombra, fora da luz ofuscante das lâmpadas. Desligou os faróis, mas acendeu a luz interna do carro; então se virou para mim: "Por que, na sua opinião, eu acho que você é o diabo?".

"Porque acha que somente o diabo poderia induzi-lo em tentação de um modo tão peculiar."

Ele me olhou de soslaio, sob as densas sobrancelhas: "Não foi exatamente o modo que me pareceu diabólico. Foi a coisa que você me mostrou".

Fingi não entender: "O que há de diabólico no sexo de uma mulher?".

Respondeu com ar pensativo: "O fato de que somente o diabo podia conhecer minha tendência erótica específica".

Tive um sincero arrebatamento por ele; enlacei seu pescoço com os braços e lhe sussurrei no ouvido: "Se lhe dá prazer, pode pensar que sou o diabo. Na verdade, sou apenas uma pobre garota tão, tão feliz neste momento por estar com você e lhe dar prazer".

Eu o beijava na orelha, na têmpora, na bochecha, buscava seus lábios com a língua. Mas ele desviou o rosto, obstinadamente. Então murmurei: "Quer fazer amor aqui, dentro do carro? Pronto, agora lhe mostro de novo aquela coisa que o perturbou tanto durante a aula. Aqui, pode olhar, acaricie, é para você, é sua".

Em minha perturbação, já não sabia o que estava dizendo. Sentia ao mesmo tempo um desejo violento e um desespero igualmente violento, porque sabia que para mim era impossível fazer amor com Gualtieri: no momento do amor, me desfaria em fumaça. Mas o desejo era mais forte que o desespero; e foi com uma estranha esperança de infringir a lei à qual até então me submetera que levei as duas mãos até a calça, baixei a lingueta do zíper e abri o mais que pude as abas da casaca. Enquanto me deitava aquele tanto que era possível na cabine do carro, escancarava as pernas e sussurrava ansiosa: "Pronto, está vendo, você gosta, agora me monte, meta dentro de mim".

Esperava, com aquela estranha esperança de certo modo desesperada, que ele pulasse sobre mim. No entanto, me rejeitou com doçura e depois estendeu a mão para o meu ventre; mas não para o acariciar, como pensei por um instante, e sim para subir de novo o fecho do zíper. Mas não conseguiu, porque meu ventre, saltado para fora da calça muito apertada, o impedia. Disse de repente: "Tudo bem, não se cubra. Enquanto falo, vou olhar para você, e isso me dará coragem".

Assim, havia nele um apetite insaciável pelo que estava na origem de sua tragédia. Sentei-me um pouco de banda no assento do carro, de modo que ele pudesse me olhar quanto quisesse, e lhe respondi: "Pode olhar. Mas o que é essa coisa que você tem para me dizer? Por que é preciso coragem para falar?".

Ficou um instante calado e então começou indicando com um gesto da mão a esplanada deserta onde naquele momento um animal que parecia um cachorro ou um chacal estava atravessando num trote tranquilo: "Sabe onde estamos? Em frente à cerca que delimita o terreno onde foi detonado o último artefato nuclear. Agora, quer você seja o diabo ou não, fique sabendo que eu a trouxe aqui porque estou prestes a lhe dizer algo que tem uma relação muito estreita com o uso que se faz deste local".

Fingi mais uma vez não entender, falei em tom ligeiro: "Mas será possível que você, um grande cientista conhecido em todo o mundo, acredite no diabo?".

Ele me deu esta resposta estranha e ambígua: "Não acredito, é claro, como se pode acreditar no diabo? Mas há uma quantidade de elementos da realidade que levam a pensar que ele existe".

Tentei minimizar: "Que elementos? O fato de eu saber que você ama o sexo depilado? Vamos, só tentei adivinhar e o acaso quis que eu acertasse".

"Antes de tudo, já é bastante diabólico que você tenha adivinhado com tanta exatidão a minha, digamos assim, especialidade erótica; a qual, para ser preciso, não é o sexo depilado, mas o sexo infantil. Mas agora não se trata disso, é outra coisa."

"Que coisa?"

Olhou em torno da esplanada: o cão ou chacal que fosse não estava mais lá; tudo era luz, solidão e silêncio. "Trata-se daquilo", disse por fim, apontando para o portão do alambrado, "ainda que inextricavelmente ligado a isso", e indicou meu sexo nu. "Mas, para que você entenda essa associação, essa confusão, devo fazer um salto para trinta anos atrás."

Eu o encorajei com simpatia: "Pois bem, façamos esse salto para trás".

Gualtieri disse como se falasse a si mesmo: "Se você for o diabo, como ainda acredito, poderá constatar que digo a verdade: somente o diabo a conhece, somente ele poderia me desmentir. Se não for, é apenas uma jovem apaixonada por mim e vai saber apreciar minha confidência: você é a primeira pessoa no mundo a quem conto essas coisas".

Assim Gualtieri deu início àquilo que logo se revelou a história de toda a sua vida, desde a longínqua adolescência até hoje. Falava ordenadamente, pacatamente, racionalmente; era de fato o famoso cientista que falava; só que a voz acostumada à fria exatidão das demonstrações científicas agora tentava iluminar o panorama de uma vida que não tinha nada de pacato, ordenado e racional. Era a vida de um homem que desde a infância precisou lidar com dois senhores igualmente exigentes: a ambição e o sexo. Este último, com o tempo, foi por assim dizer se especializando, como já sabemos. A respeito disso, Gualtieri me contou que sua mais secreta inclinação se manifestara a primeira vez com uma menina de doze anos, nem um pouco diabólica, filha de sua porteira, a qual subia de vez em quando ao seu apartamento para levar a correspondência. Entre o estudante de vinte anos e a menina de doze nasceu uma relação amorosa que, segundo Gualtieri, não tinha nada de vicioso: a especialização pedófila ainda estava por vir. O amor com a menina durou sem nenhum remorso ou escrúpulo, e com plena satisfação de ambos, todo um inverno. Depois a menina foi mandada para a casa dos avós, no interior; e ele ficou com a saudade de alguma coisa que, são palavras dele, se parecia muito com a relação que deve ter havido entre Adão e Eva, antes da expulsão do Éden.

É claro que ele buscou repetir a experiência, mas os resultados foram tão desgostosos que ele por fim jurou nunca mais repetir aquilo. Quantas vezes, antes de renunciar definitivamente, Gualtieri tentou retornar ao Éden dos amores infantis? Isso ele não me disse, limitou-se a acenar muito vagamente a dois ou três encontros "arranjados", isto é, ocorridos não diretamente como na primeira vez, mas por meio de uma dessas intermediárias de que eu mesmo assumi as formas quando o abordei na universidade. Esses tais encontros o tinham feito cair num abatimento tão profundo que chegou a acalentar a ideia do suicídio. Mas não se matou, continuou convivendo com suas duas paixões: a da ambição, ainda distante de um resultado adequado, e a da carne, já recusada e agora reprimida, apesar de ainda presente em estado de tentação.

As coisas estavam nesse ponto quando o surpreendi nos jardins públicos enquanto espiava as pernas das meninas, uma atitude que demonstrava eloquentemente que recusa e repressão podem em certos casos se tornar um incentivo e um condimento à tentação. Curiosamente Gualtieri forneceu uma visão muito semelhante à minha do nosso primeiro encontro. Me disse que as provocações da menina o haviam perturbado profundamente, tanto que de repente decidiu se livrar, se a tentadora se aproximasse dele, de qualquer escrúpulo e se abandonar de vez à sua paixão fatal. Dava-se conta de que isso representaria o fim da ambição; mas, como ele mesmo me disse, naquele momento específico, para ele era mais importante a visão, ora sim, ora não, segundo as peripécias da brincadeira, da virilha nua da menina que todas as maravilhosas descobertas de Albert Einstein. Todavia tinha ao mesmo tempo a plena consciência de que se arruinaria para sempre; e assim, quando a menina lhe abriu o caderno sob os olhos com a fórmula do pacto infernal, experimentou um imenso alívio: melhor danado na outra vida por causa da ambição que danado nesta por algumas virilhas nuas. Essa explicação, como já disse, se coadunava com a minha: eu também estava convencido de que a ambição prevaleceria sobre o sexo, sobretudo porque o pacto lhe dera a certeza absoluta de poder satisfazê-la para além de suas mais exaltadas esperanças. Mas Gualtieri acrescentou: "Resta o fato de que assinei em um momento de fraqueza, quase de desmoronamento. E que essa fraqueza, esse desmoronamento, foi provocada não pela perspectiva do sucesso, mas pela visão daquele sexo infantil tão semelhante ao seu".

Nesse ponto devo fornecer uma importante informação sobre o modo como ocorre a assinatura do pacto infernal. No momento, o diabo deve fazer sua vítima entender os termos do pacto mostrando-os por escrito, em letras claras, numa folha sobre a qual irá apor sua firma. Porém, uma vez lido o pacto, aí está: por um dos tantos mistérios da relação entre o diabo e os homens, a escrita desaparece como se tivesse sido redigida com tinta delével; e o danado na verdade assina uma folha em branco. Caso se queira saber por que isso acontece, posso fornecer esta resposta: provavelmente ocorre porque se pretende que o danado se dane com plena liberdade de escolha, tendo até o último momento a dúvida sobre se sofreu uma alucinação ou se sonhou. E assim também se passou com Gualtieri. De fato, ele me disse que, no momento da assinatura, se dera conta de que a escrita do pacto havia desaparecido da página. Mas logo pensou que o desaparecimento não devia modificar sua decisão. Tanto melhor se ele tivesse tido uma alucinação provocada quem sabe por aquilo que ele chamava de desmoronamento. Tanto melhor: pelo menos, ao pôr a ambição acima do sexo, se salvaria de um destino que lhe repugnava e queria evitar a todo custo.

A essa altura, perguntei-lhe então por que, visto que ele nem tinha tanta certeza de ter firmado o pacto, hoje acreditava no diabo com tanta convicção, a ponto de imaginar que o dito-cujo pudesse até se esconder sob a aparência inocente de uma garota euroasiática. Fingiu não ter ouvido a alusão ao nosso relacionamento e disse que a prova de que o diabo existia, e de que ele havia realmente assinado o pacto, estava no caráter atual da pesquisa científica tal como ele a havia decifrado e interpretado em trinta anos de contínuo e crescente sucesso. Sim, o fato de que a menina diabólica no fundo o tivesse levado a assinar o pacto não com a promessa do sucesso, mas com a exibição de sua virilha infantil, isso parecia demonstrar que o diabo continuava contando com o velho e tradicional expediente do sexo. Mas não era assim: hoje a força do diabo estava na pesquisa científica. Então ele prosseguiu: "Para que você entenda esse caso das provas que demonstram a existência do diabo, vou retomar minha vida desde as origens, ou seja, desde o momento em que decidi me tornar um cientista. Sim, porque quando eu era garoto não me sentia atraído pela ciência, mas sim, pode lhe parecer estranho, pela poesia. Eu era extremamente ambicioso, queria me tornar um novo Leopardi, um novo Hölderlin. Todavia, como eu também tinha um vivo interesse pela ciência, na universidade me inscrevi na faculdade de física. Até porque pensava não haver contradição entre poesia e ciência: na Antiguidade os poetas eram também cientistas, e os cientistas, poetas. E realmente devo ao exercício da poesia o fato de ter compreendido muito cedo algumas coisas fundamentais sobre a criatividade. Quero dizer que todas as vezes que tive a impressão de ter escrito um poema menos ruim que o habitual, me dava conta de que isso ocorria porque, enquanto o escrevia, eu não estava sozinho. Ao meu lado eu percebia com perfeita segurança a presença daquela entidade misteriosa que antigamente era chamada de inspiração, e que eu prefiro indicar com o nome de demônio. Era ele quem me ditava internamente, era ele quem me fazia dar o salto de qualidade da cogitação fria para aquilo que ainda é preciso chamar de canto. A essa altura você vai me perguntar: 'Mas esses poemas eram realmente bonitos?'. Respondo: eram os melhores que eu podia escrever. Mas o meu melhor era certamente o pior de um verdadeiro poeta. Enfim, tanto os bons quanto os maus poetas têm seu demônio. É uma questão de presença, não de poesia. Se está presente, o demônio o fará escrever exatamente a poesia que ele é capaz de escrever, e nada mais".

"Ou seja, eram ruins."

"Provavelmente sim. Pelo menos é o que cabe pensar, já que a certo ponto abandonei a poesia pela física. Porém, como já disse, a poesia me servira para adivinhar a inexistência e a função do demônio."

"Ou seja, do diabo."

"Devagar: por ora digamos demônio. Agora passo ao diabo. Então me dedico apaixonadamente à física, e a poesia desaparece de minha vida. Vou com uma bolsa de estudos para os Estados Unidos, me torno o melhor aluno do célebre Steingold. Ele já era um homem muito idoso e, como era judeu, um grande leitor da Bíblia. Ora, um dia em que falávamos de nossa profissão, ele se saiu com esta frase singular: 'Agora Deus é impotente, percebe-se isso por numerosos indícios. O poder passou para o diabo'. Perguntei por que ele estava dizendo uma coisa assim, já que era um homem crente e praticante. E ele: 'A impotência de Deus talvez também seja ela mesma um sinal de sua potência. Deus decidiu a perda da humanidade, se dá por impotente e deixa que o diabo aja'."

"Muito pessimista esse seu Steingold."

"Nem tanto, no fim das contas ele ainda acreditava em Deus. Ao passo que eu não acredito nem em Deus nem no diabo, mas apenas em mim mesmo. De todo modo, não voltei a falar de Deus ou do diabo com Steingold. Encerrado o ano do seminário, voltei a Roma e continuei me dedicando com paixão a experimentos de física nuclear. Não pensava mais em Steingold e em suas palavras; mas tive que pensar nele no dia em que fiz a primeira das tantas descobertas às quais devo minha fama. Aqui está por quê. Ao longo do trabalho, me dei conta de que todas as vezes que minha mente dava o salto de qualidade da cogitação para a invenção, antes de tudo me vinha de pensar com nostalgia e desejo em meus amores infantis de tantos anos atrás. Então, estranhamente, quando eu expulsava aqueles fantasmas de minha mente e tornava a me aplicar nos estudos, percebia que alguém, isto é, o demônio, ou seja, o diabo, me fizera dar o salto criativo. Sim, não havia dúvida, o demônio agia, no início raramente e depois de maneira cada vez mais frequente e em conexão com minha peculiaridade erótica. Ora, como não enxergar a relação entre a renúncia ao sexo e a criação científica? Entre aquilo que poderia ter sido minha ruína e o que parecia ser minha glória?"

Neste ponto o interrompi: "Mas você ainda não me disse por que esse demônio se transformou no diabo".

"Simples. Eu já estava muito avançado na pesquisa que mais tarde desaguaria na descoberta final que expus, ainda que em termos enigmáticos, durante o seminário, quando fui tomado por esta reflexão: todo o progresso científico do último século, do ponto de vista da utilidade para a humanidade, que é, afinal de contas, depois que tudo foi dito, a única coisa que importa, é absolutamente, completamente negativo. Nossas descobertas são maravilhosas em si e por si; mas sua aplicação tecnológica está toda orientada para a destruição final da humanidade. Quando essas descobertas parecem úteis, por exemplo, à criação de novas fontes de energia, pode-se ter a certeza de que a mesmíssima utilidade poderia ter sido obtida por outros meios. O caráter autodestrutivo do progresso científico encontra, porém, um poderoso corretivo na positividade inerente à consciência de aproximar-se cada vez mais da verdade. Assim ocorreu que muitos cientistas levaram a cabo suas pesquisas, sem se preocupar com as aplicações práticas. Sentiam-se justificados pela segurança de trilhar a via mestra da ciência, e além dessa consciência não pretendiam ir. Os efeitos de suas invenções não lhes interessavam: diziam respeito a chefes de Estado, ministros, generais etc. etc. Mas não pude deixar de recordar as palavras de Steingold sobre a hoje comprovada impotência de Deus e a consequente potência do diabo. Por isso fui forçado a chegar à única conclusão possível, isto é, que aquele demônio que estava ao meu lado durante minhas experiências, dado o caráter totalmente destrutivo de nossa ciência, aquele demônio não podia ser outro que não o velho diabo, inimigo da humanidade tantas vezes descrito em um passado no fim das contas bem recente. Sim, um desenvolvimento científico que conduz diretamente ao fim do mundo não pode não ser, ainda que com a aprovação de Deus, senão obra do diabo. Portanto volto a repetir: não acredito no diabo, mas creio nos indícios que demonstram sua existência." Ficou calado por um momento e então acrescentou inopinadamente: "O diabo me locupletou de favores. Tudo leva a crer que, segundo a lógica diabólica, ele deverá aparecer daqui a pouco, ou seja, à meia-noite".

Eu não esperava essa repentina conclusão, fiquei desconcertada, exclamei: "Desculpe, mas por que nesta meia-noite? Por que o diabo deveria fazer sua aparição justo nesta meia-noite, e não na meia-noite do próximo ano?".

Respondeu sério: "Porque nesta meia-noite faz exatamente trinta anos que encontrei o diabo e lhe vendi a alma em troca de seus favores".

"Você não pode estar falando sério. Primeiro diz que não acredita nem em Deus nem no diabo, mas apenas em si mesmo. E agora se sai com este absurdo: que teria vendido a alma ao diabo. Onde está a lógica nisso tudo?"

"No entanto é assim. Naquelas poucas linhas do caderno da menina, no jardim público, estava escrito que o pacto duraria trinta anos. Nesta noite vencem os trinta anos."

Era verdade. O pacto dizia trinta anos: tempo suficiente para construir uma carreira. Exclamei: "Aquela menina era só uma menina. E você imaginou tudo, o pacto, os trinta anos, a meia-noite".

Ele deu uma resposta singular: "Mesmo se eu tivesse imaginado, o que importa? Isso significaria que o diabo não está fora de mim objetivamente, mas dentro, subjetivamente. O resultado seria o mesmo".

Sem se dar conta, naquele momento Gualtieri tangenciava o máximo problema de minha existência diabólica: o fato de que, no instante do amplexo, eu me desfaria em fumaça. Como nos sonhos inspirados pelo desejo. Como os fantasmas que presidem a masturbação. Falei impetuosamente: "O diabo não está nem fora nem dentro de você. Não pense mais no diabo, abandone-se à vida".

"Ou seja, ao seu amor, não é?" Suspirou e depois prosseguiu. "De todo modo, se o diabo me reaparecesse disfarçado de menina, dessa vez, danado por danado, eu não hesitaria em fazer amor com ela, mas com uma condição."

"Qual?"

"Antes de tudo, que o pacto fosse prorrogado por mais trinta anos. E, depois, que o diabo me fizesse trilhar uma carreira na direção oposta à que me orientou até agora."

"Que direção?"

"Como dizer? Na direção de uma descoberta que salve a humanidade da catástrofe hoje inevitável. Mas não se pode falar dessas coisas com leviandade. Até porque, para falar disso, eu a trouxe aqui de propósito, aos portões do recinto da explosão nuclear."

Agora eu me sentia mortalmente perturbada. Entendia aonde ele queria chegar e dizia a mim mesma, com o coração em tumulto, que ele estava me chantageando: ou você aceita minhas condições, ou eu não faço amor. Falei fingindo não ter notado aquele "de propósito" que dizia respeito a mim. "Pode ser. Mas não se dá conta de que o diabo pode fazer tudo, menos aquilo que comumente se chama de bem? Salvar a humanidade, percebe que isso é justamente o que o diabo não pode fazer?"

Ele me fixava, parecia excitado com a perspectiva de estar prestes a fazer o que se proibira a vida inteira. Exclamou: "Vamos, o diabo pode fazer tudo, até o bem".

"Mas quem lhe disse?"

"Você me disse."

"Eu? E o que eu tenho a ver com isso?"

Ele de repente apontou o dedo para meu peito: "Porque você é o diabo, você é, isso já está fora de questão, somente o diabo podia saber que sou louco por essa sua monstruosa conformação. Mas agora sou eu quem está com a faca em seu pescoço. Você me ama e eu lhe digo: ou prorrogação do prazo e uma carreira de sinal positivo, ou nada de amor, mantenho o pacto, você leva minha alma e a humanidade se encaminha para a catástrofe".

Agora mil sonhos explodiam como fogos de artifício em minha mente. Sim, era verdade, dizia a mim mesma, o diabo só pode fazer o mal; mas o diabo apaixonado, pela imensa força própria do amor, talvez até possa fazer o bem. Seria um milagre; mas o diabo deve acreditar em milagres, do contrário, que diabo é? Falei ao mesmo tempo desesperada e esperançosa: "Não sou o diabo, sou uma pobre jovem que, como você mesmo diz, está apaixonada por você. Vamos tentar fazer amor, então você vai ver que não sou o diabo".

"Por quê, como vou poder ver?"

Não quis lhe dizer a verdade, isto é, que não se pode fazer amor com o diabo, porque no instante mais belo ele se dissolve em fumaça. Respondi: "Você vai ver à meia-noite. Quando se der conta de que nenhum diabo se apresenta para levar sua alma".

Agora eu falava sinceramente. Faria amor com ele, concederia uma prorrogação de mais trinta anos, viveria esses trinta anos com ele, inspirando-lhe descobertas benéficas, em favor da humanidade. Que me importava? Contanto que alcançasse a satisfação de meu ardoroso desejo, eu faria até o bem.

Ele respondeu em um estranho fervor: "Mas não. Quero fazer amor justamente com o diabo. Me excita a ideia de que sob essas aparências tão graciosas se oculte o velho cabrão fedorento. Quero fazer amor com ele e somente com ele. Não sei o que fazer com a pobre garota apaixonada por mim. Vou fazer amor e depois irei para o inferno".

Girei os olhos em torno do imenso espaço asfaltado da esplanada, numa agonia de incerteza e de medo. Então me decidi, lancei os braços em seu pescoço e gritei: "Eu sou o diabo, sim, vamos fazer amor, sim, façamos por amor de Deus, sinto que dessa vez haverá um milagre e depois seremos felizes e viveremos juntos para sempre".

Gualtieri não diz nada. Nossas bocas se unem, nossas línguas se enlaçam, nossas mãos seguem aonde devem ir, a minha a tirar de suas calças um membro de extraordinária grossura e rigidez, as suas para abrir os lábios nus e inchados de desejo do meu sexo de menina. Ele me sussurra: "Monte em mim", e eu, ajeitando-me como posso, subo a cavalo sobre seus joelhos na estreita cabine do carro. Digo ansiosa em seu ouvido: "Me aperte, me foda. Não sente que sou uma mulher de carne e osso, e não um fantasma de fumaça?".

Assim falando, avanço impetuosamente com os quadris e ponho meu sexo entreaberto diante de seu pau em estado de ereção. Mais uma estocada, enquanto nossas bocas se colam no beijo sôfrego e o caralho penetra profundamente na boceta. Solto um suspiro de alívio ao sentir que tenho um ventre real, de carne e não de fumaça, em que agora está mergulhado um membro também real, de carne e não de fumaça; começo a me contorcer furiosamente, as coxas apertadas em seus quadris, os braços em volta do pescoço, o queixo sobre o ombro, os olhos voltados para a esplanada visível pela janela traseira. Depois o olhar recai sobre meu próprio braço, que envolve as costas dele, e vejo no relógio de pulso que é meia-noite. No mesmo instante, com um horror indizível, sinto que me desfaço. Contra minha vontade, apesar do espasmódico desejo de continuar real, percebo que estou me transformando na matéria impalpável de que são feitos os sonhos e os fantasmas. Dissolvo-me parte por parte: primeiro a cabeça, o pescoço, os braços, o peito; depois os pés, as pernas, a bacia. Por fim, só resta meu incrível sexo de menina, branco, desprovido de pelos, ainda inchado de desejo não saciado. Semelhante a um desses anéis de fumaça que os fumantes experientes conseguem enfiar na ponta acesa do charuto, a fenda oblonga do sexo fica por um instante suspensa na extremidade do pau de Gualtieri e então, gradual e molemente, começa a se desfazer, a sumir. Agora, entre os braços, sobre os joelhos de meu amante só permanece uma tênue fumaça trêmula, que poderia perfeitamente ter saído do motor superaquecido do carro. E Gualtieri olha estupefato e dolente o próprio membro que, empinado para fora das calças, esguicha, em choques intermitentes e violentos, jatos e jatos de sêmen, um após o outro.

É assim mesmo: o diabo pode fazer e deixar que façam tudo, menos o bem. E quem se ilude de possuí-lo, no final abraça o nada.

A cicatriz da operação

Marco se ergueu e, sentado na cama, olhou na penumbra o dorso da esposa que ainda dormia. Era um dorso branco, muito branco, de uma brancura gorda e reluzente, como frequentemente é a das mulheres louras e maduras. Dormia dobrada sobre si mesma, o dorso encurvado causava uma dupla impressão de força e constrição, como uma mola vergada no limite da resistência. Mas também era, pensou ainda, um corpo vencido e abatido, cujo sono parecia significar desânimo e derrota.

Desceu da cama com cuidado e, assim como estava, de calça e torso nu, caminhando na ponta dos pés descalços, passou no estúdio, um aposento amplo, de teto oblíquo e grandes vidraças. Havia uma luz adequada, de céu encoberto; logo passou a examinar com atenção escrupulosa e profissional três quadros pousados sobre três cavaletes, que ele estava pintando simultaneamente

147

naqueles dias. Todos representavam a mesma coisa: um torso de mulher cortado na metade das coxas e pouco acima da cintura. O ventre era saliente, túmido, esticado como um tambor; o púbis, inchado e oblongo, da forma de uma ameixa, parecia dividido pela fissura rosa-ciclame do sexo e, em duas das pinturas, estava completamente depilado. Já no terceiro quadro os pelos tinham sido pintados, um por um, pretos, agudos e nítidos sobre a branca pele lustrosa, como de celuloide. Todos os três ventres tinham, à esquerda, a cicatriz branca da operação de apendicite. O exame dos três quadros o deixou insatisfeito. Tivera vontade de mudar alguma coisa no habitual torso feminino que vinha pintando sempre igual, havia anos, acrescentou os pelos do púbis e o resultado foi decepcionante: aqueles pelos tão pretos e hirsutos introduziam uma nota de realismo em um quadro que não devia ser de modo nenhum realista. De repente pegou uma lâmina de barbear que lhe servia para apontar os lápis e rasgou a tela de cima a baixo, duas vezes, em dois talhos cruzados. Quanto dinheiro havia perdido ao destruir o quadro já pronto? Não conseguiu calcular, ignorava suas cotações mais recentes no mercado. Jogou fora a lâmina com raiva e foi para a sala de estar.

Aqui as vidraças, em vez de darem para as dunas como as do estúdio, se voltavam diretamente para a praia. Viam-se alguns arbustos crespos e amarelos que se agitavam no vento; mais além estava o mar, que, sob um céu nublado, acavalava cansadamente ondas verdes e brancas. No horizonte, em contraste, o mar era de um azul intenso, em faixas paralelas que variavam e se fundiam umas nas outras. Marco olhou o mar por um tempo, tamborilando os dedos no vidro; enquanto olhava, perguntava a si mesmo por que o estava olhando; depois se sentou no sofá e começou a fitar sem impaciência, mas com determinação, a porta fechada diante dele. Não pensava em nada, apenas esperava, sabia com certeza o que estava para acontecer. De fato, dali a pouco, com significativa pontualidade, a porta se abriu lentamente e a menina apareceu na soleira.

Perguntou com precaução: "Onde está mamãe?", e Marco não pôde deixar de pensar que aquela era a mesmíssima pergunta que uma mulher desejosa de ficar a sós com o amante poderia fazer. Respondeu: "Mamãe ainda está dormindo. O que você quer da mamãe?".

Como sempre, a resposta foi evasiva e ambígua: "Não quero que me veja enquanto como a rosca", em que a rosca podia realmente se referir ao doce ou, ao contrário, a alguma outra coisa igualmente proibida e igualmente tentadora. Então a vi caminhar a pequenos passos para o fundo da sala, até o armário sobre o qual a mãe costumava deixar a caixa de roscas, arrastar uma cadeira, subir nela e esticar o braço para o alto, erguendo-se na ponta dos pés. Nessa posição, o vestido muito curto lhe subia até o ventre, descobrindo as pernas altas e musculosas, quase desproporcionais ao resto do corpo. Ele se perguntou se

149

a menina fazia de propósito aquela exibição das pernas e ficou confuso: talvez não as mostrasse de propósito, mas era de propósito que não evitava mostrá-las. Por fim, decidiu que se tratava de uma provocação inconsciente. Mas o que era inconsciente em uma menina daquela idade?

Agora que tinha conseguido agarrar a grande caixa redonda e apertá-la contra o peito, a menina abria a tampa. Pegou a rosca, colocou-a entre os dentes, tornou a fechar a caixa e, erguendo-se de novo na ponta dos pés e de novo descobrindo as pernas, tentou recolocá-la no lugar. Marco advertiu, paternal: "Cuidado para não cair". A menina respondeu, mais uma vez ambígua: "Você está me olhando; se eu cair, a culpa é sua".

Parou de empurrar a caixa sobre o armário, desceu com um pequeno salto e, ainda apertando a rosca entre os dentes, arrastou a cadeira até a mesa. Apenas depois disso deu uma mordida na rosca, arrancando um pequeno pedaço. Então, sem pressa, foi se sentar na frente de Marco e disse: "Então vamos fazer a brincadeira?".

Marco fingiu não entender e indagou: "Que brincadeira?".

"Ora, você sabe muito bem, não finja que não sabe. A brincadeira da montanha-russa."

Marco disse: "Primeiro termine a rosca". Queria que ela dissesse por que tinha tanta pressa de começar a brincadeira: devia haver algum motivo. "Depois da brincadeira eu como a rosca."

150

"Por que não come logo, antes de brincar?"

"Porque mamãe pode entrar a qualquer momento."

"Uma razão a mais para comer logo a rosca, não é?"

A menina o olhou perplexa: "Mas será que não entende? É uma brincadeira que mamãe não quer".

Marco ficou espantado com o realismo da resposta. E, no entanto, não era possível ter completa certeza de que a menina soubesse do que falava. Insistiu: "Mas mamãe também não quer que você pegue as roscas escondida".

"Mamãe não quer nada."

Marco percebeu que não podia ir até o fim na questão do que a esposa queria ou não queria e disse com indiferença: "Como você quiser, vamos brincar".

Viu a menina ficar prontamente de pé, pôr a rosca na mesa e ir ao encontro dele. Mas de repente parou, como assaltada por uma dúvida: "Você tem um jeito de brincar que eu não gosto".

"Qual?"

"Essa brincadeira se chama o jogo da montanha-russa porque eu escorrego por suas pernas até embaixo. Se suas pernas tivessem, sei lá, cem metros, eu não diria nada. Mas suas pernas são curtas, como as de todo mundo, e que jogo de montanha-russa é esse, se você coloca uma mão na frente? Minha descida termina logo, e aí adeus montanha-russa."

Era verdade: ela montava sobre seus joelhos, que Marco erguia bem para cima. Então, com um grito de alegria, ela se deixava deslizar para baixo, ao longo das pernas dele, até bater o púbis no púbis do padrasto. Ora, o choque que era inevitável e de algum modo involuntário era seguido de um segundo contato, diferente, este totalmente evitável e talvez voluntário: ele sentia com perfeita clareza que a menina, durante o choque, tentava e conseguia encaixar seu sexo no dela. Não havia nenhuma dúvida: os lábios se fechavam como uma ventosa sobre seu pau e o apertavam por um instante; a pressão era confirmada pela contração repentina e simultânea dos músculos da coxa.

Então a menina o desmontava como um cavaleiro da sela e, levantando o vestido para se sentir mais livre, dizia entusiasmada: "De novo". Ele aceitava e tudo se repetia, sem nenhuma alteração: o grito de triunfo durante a escorregada pelas pernas, a pressão dos lábios no pau, a contração dos músculos das coxas. A brincadeira se repetia várias e várias vezes, e só terminava quando a menina se declarava "cansada".

E realmente parecia cansada, com duas marcas escuras e curvas de exaustão sob os olhos azuis, estreitos e traiçoeiros como duas seteiras.

A brincadeira prosseguiu dessa maneira por alguns dias. Passada a primeira perturbação, ele se habituara àquilo e certamente a teria interrompido se não estivesse curioso sobre a questão da consciência e intencionalidade do comportamento da menina. Aquele contato final dos dois sexos era inconsciente, isto é, originado por um instinto obscuro, ou era consciente e já determinado por uma sedução esperta? Nem ele mesmo sabia a resposta para a questão, porque naqueles dias ela assumira um caráter obsessivo. Assim ele repetiu a brincadeira várias vezes, sempre com a esperança de obter uma resposta, mas sem chegar a nenhuma conclusão definitiva. A menina lhe escapava com a volubilidade inconsciente de uma borboleta que voa justo no momento em que uma mão está para agarrá-la. Por fim ele entendeu que a resposta não viria enquanto eles, num acordo tácito, fingissem que brincavam; e que, por outro lado, ela não poderia ser formulada senão quando a brincadeira fosse substituída por uma relação direta e irremediável.

Então, no dia anterior, decidiu renunciar definitivamente a uma sondagem que ameaçava tornar cada vez mais obscura a matéria que indagava e, justo no instante do choque das duas virilhas, ele interpôs a mão como uma barreira entre o próprio ventre e o da menina.

Agora ela o colocava entre a cruz e a espada: ou brincar como ela queria, com seu pau encaixado entre os lábios, ou não brincar mais. Ao final dessas ponderações, só para ver o que responderia, ele disse: "Mas de agora em diante eu só quero brincar se for assim, com uma mão entre nós dois".

A menina logo respondeu decidida, como uma prostituta que negocia com um cliente: "Então não brinco mais".

153

Marco falou em tom ponderado: "Eu coloco a mão entre a gente porque, se não puser a mão, você bate e me machuca".

A menina logo levou a sério sua justificativa, com a ambiguidade habitual: "Ah, machuca, e que machucado será esse?".

"São partes delicadas", disse Marco. "Você não sabe disso? Qualquer coisinha machuca."

Com uma sinceridade repentina e brutal, a menina disse de súbito: "A verdade é que você não tem coragem".

Marco pensou: pronto, ela caiu na armadilha, está para se revelar. Perguntou com doçura: "E você acha que eu não tenho coragem de quê?".

Ele a viu vacilar um segundo e depois responder com displicência sarcástica: "De sentir uma dorzinha nessas partes tão delicadas". Calou-se um momento e depois disse, com voz em falsete, arremedando-o: "Cuidado, assim você machuca minhas partes delicadas". Calou-se de novo e então, inesperadamente, jogou-lhe na cara: "Sabe na verdade o que você é?".

"O quê?"

"Um maníaco sexual."

Era um insulto, pensou Marco, ainda mais dito com intenção injuriosa; todavia notou na voz da menina sabe-se lá que insegurança. Perguntou de pronto, em tom persuasivo: "E, na sua opinião, o que é um maníaco sexual?".

A menina o olhou confusa; claramente não sabia o que responder. Marco falou muito calmo: "Está vendo? Você não sabe".

"Mamãe sempre lhe diz isso, mas sei lá o que é? Se mamãe diz, deve ser verdade."

Marco entendeu que não havia nada a fazer: a menina era mais hábil que ele, sempre acharia um modo de escapar. Disse conciliador: "Tudo bem, vamos então fazer a brincadeira do jeito que você quer. Mas é a última vez. Depois não brinco mais".

"Ótimo, assim está bom", ela disse contente. "Não vou machucar você, acredite." Levantou o vestido e montou nos joelhos dele, erguendo primeiro uma perna e depois a outra, sem pudor, mas também sem ostentação. Uma vez na sela, se ajeitou com os quadris e então disse: "Está pronto?". Marco respondeu: "Vamos lá".

A menina lançou um grito de triunfo e se deixou escorregar ao longo das pernas dele.

Então, naquela fração de segundo que durou a descida, Marco teve o tempo de ver estendido diante dele, como um panorama que se observa de uma torre, todo seu futuro até a velhice, com a menina como amante que crescia a seu lado e depois se tornava mulher e entre eles haveria para sempre, sem remédio, aquilo que estava prestes a acontecer.

Agora entendia que a verdade que estava perseguindo depois de tantos dias era a de uma lisonja e de uma tentação, ambas sem fim, tão ilimitadas quanto ineficazes. Sim, talvez a menina quisesse apenas brincar; mas o jogo consistia no fato de que ele devia comportar-se como se não fosse um jogo. Essas reflexões, ou melhor, iluminações o fizeram se decidir. No momento exato em que o ventre da menina roçava o dele, bloqueou o contato com a mão. Ela desmontou imediatamente, gritando: "Assim não vale, não vale. Não brinco mais com você".

"Mas então com quem vai brincar?"

"Com mamãe."

Assim ela continuava escapando dele, mesmo quando parecia tê-la encurralado. Falou com rancor: "Brinque com quem quiser".

"Brinco, mas você é um frouxo."

"Porque tenho medo de que você me machuque, não é? Pois então, tenho medo, sim. E daí?"

Mas a menina já pensava em outra coisa. Disse inesperadamente: "Vamos fazer outra brincadeira?".

"Qual?"

"Eu me escondo e você me procura. Enquanto vou me esconder, você tapa os olhos com as mãos e não tira enquanto eu não disser."

Marco disse aliviado: "Tudo bem, vamos brincar disso".

A menina correu para longe gritando: "Vou me esconder. Não me olhe"; ele pôs as duas mãos sobre os olhos e aguardou. Passou um tempo indefinível, podia tanto ser um segundo como um minuto: depois sentiu de repente dois lábios roçando-lhe a boca e um hálito leve misturar-se ao seu. Então, enquanto continuava mantendo as mãos sobre os olhos, os lábios começaram a se esfregar lentamente nos dele, passando e repassando de modo gradual e calculado da direita para a esquerda e vice-versa, tornando-se mais úmidos e abertos à medida que passavam. Ele pensou que dessa vez não podia haver dúvida: a menina era um monstro de sensualidade precoce e perversa, e o caso com ele agora parecia legítimo, além de inevitável. Enquanto os lábios iam e vinham, a língua já dardejava em sua boca, como buscando uma passagem. Depois a língua forçou facilmente a entrada entre os dentes e penetrou inteira lá dentro, grossa e aguda, e ele estendeu os braços para a frente, ainda mantendo os olhos fechados. Sentiu sob as mãos não mais os ombros graciosos da menina, mas aqueles gordos e maciços da esposa.

Então abriu os olhos, recuando com vivacidade: a mulher estava ereta diante dele, com a camisola aberta; o ventre despontava para fora, um ventre em tudo semelhante aos que ele pintava em seus quadros: branco, inchado, esticado, com o púbis depilado e a cicatriz da operação de apendicite do lado esquerdo. Ele ergueu os olhos e olhou para cima. Do alto, a mulher se inclinava sobre ele com ar benévolo, uma cabeça de Apolo fatigado, de cabelos louros e pendentes, nariz grande, boca sem viço e caprichosa. Depois de um momento, falou com uma sombra de severidade: "O que você estava fazendo com as duas mãos nos olhos?".

"Brincando com a menina."

"Você estava com uma expressão estranha no rosto, que me deu vontade de lhe dar um beijo. Fiz mal?"

"Ao contrário", disse Marco. Estendeu os braços e mergulhou o rosto em seu ventre, beijando-a na altura do umbigo com deliberada violência. Sentiu a mão da mulher pousar sobre sua cabeça e acariciá-la docemente, até que se afastou dela e recuou. A mulher fechou a camisola e perguntou: "Onde está a menina?".

Marco respondeu: "Realmente não sei. Foi se esconder, e agora eu teria de procurá-la".

Quase no mesmo instante um grito abafado e remoto soou ao longe, no apartamento. Marco fez o gesto de levantar-se. A mulher o deteve. "Deixe a menina lá. E em vez disso me ouça. O que vocês estavam fazendo agora há pouco? A brincadeira da montanha-russa, não é?"

Marco se espantou: "Como você pode saber?".

"Escutei vocês, estava atrás da porta. Agora, por favor, precisa me prometer que nunca mais vão fazer essa brincadeira."

"E por quê?"

"Porque nessa brincadeira se cria inevitavelmente um contato físico. Sabe o que a menina me disse?"

"O quê?"

"Disse assim: Marco sempre quer fazer a brincadeira

da montanha-russa. Eu não queria porque ele me toca. Mas, como ele insiste, eu aceito para lhe agradar."

Marco esteve a ponto de exclamar: "Que mentirosa", mas se conteve pensando que a esposa não acreditaria nele. Falou irritado, de má vontade: "Fique tranquila, não vou mais brincar com ela, nem disso nem de coisa nenhuma".

"Por quê? Você deve brincar com a menina. Ela não tem pai. Para ela você é, deve ser um pai."

Marco disse resignado: "Tem razão, vou ser um pai para ela".

A mulher falou de repente, passando a mão nos cabelos dele: "Sabe que esse beijo me deu vontade de fazer amor? Fazia tempo que você não me beijava assim. Quer fazer?".

Marco pensou que não podia furtar-se a um convite como aquele. Disse: "Sim".

A mulher o pegou pela mão e o guiou através da sala de estar, até a porta; dali, passando pelo corredor escuro, o introduziu no quarto ainda em penumbra. A mulher se desfez da camisola, jogou-se supina na cama desfeita, abriu logo as coxas e esperou assim, com as pernas dobradas e abertas, que ele tirasse as calças. Ele disse a si mesmo que precisava simular o ardor de um desejo que não sentia, ou pelo menos não sentia por ela; e se lançou com violência entre aquelas pernas, tão desajeitadas e tão brancas. Subitamente a voz estrídula da menina soou

159

muito próxima, dentro do quarto: "Você não me achou, você não me achou".

A esposa o repeliu com força, se levantou toda nua da cama e saiu do quarto.

Marco acendeu a luz e olhou o canto de onde partira o grito. Havia um biombo; a menina saiu de trás de repente, gritando: "Cuco".

Marco perguntou: "Mas onde você estava?".

"Aqui atrás."

"E... você nos viu?"

"Como eu podia ver? Tinha o biombo."

Marco olhou a menina desconfiado. Então disse bruscamente: "Bem, vamos, venha, vamos sair daqui, mamãe ainda precisa se vestir".

Pegou-a pela mão, e ela se deixou guiar docilmente para fora do quarto, através do corredor até o estúdio. Marco fechou a porta e se aproximou do quadro que havia desfigurado naquela manhã. A menina exclamou: "Olhe, alguém cortou seu quadro".

Marco disse seco: "Fui eu".

"Por quê?"

"Porque não me agradava."

A menina disse de repente: "Por que não faz um retrato meu como os de mamãe?".

Marco respondeu: "Não faço retratos. Este poderia ser o corpo de qualquer mulher".

A menina apontou o quadro: "Mas mamãe tem uma

160

ferida na barriga justamente como essa mulher. Não gosta mais de fazer o retrato de mamãe? Se não gosta mais, por que não faz o meu então?".

Ficou um momento calada, depois acrescentou: "Eu também tenho a ferida".

Marco se espantou: como podia ter esquecido?

Havia sido um ano antes, enquanto ele estava no exterior; a menina tinha operado de apendicite. Falou com esforço: "Eu sei que você tem".

A menina disse, loquaz: "Quando me fizeram a operação, eu depois disse a mamãe: agora tenho uma ferida igual à sua. E então, vai fazer meu retrato?".

O cinto

Acordo com a sensação de ter sido ofendida, ferida, ultrajada em algum momento do dia anterior. Estou nua, estreitamente envolvida nas cobertas como uma múmia em suas bandagens; estou aninhada sobre o flanco esquerdo, com um olho esmagado contra o travesseiro e o outro aberto, olhando na direção da cadeira em que meu marido, ontem à noite, colocou as roupas antes de se deitar. Onde meu marido está? Sem mudar de posição, estendo uma mão para trás, sobre a cama, e encontro o lugar vazio: já deve ter se levantado, por um rumor abafado como de uma queda-d'água intuo que já está no banho. Recoloco a mão entre as pernas, fecho os olhos, tento voltar a dormir, mas não consigo por causa da angustiante sensação de ter sido irremediavelmente ofendida. Então reabro os olhos e vejo, diante de mim, as roupas de meu marido. O paletó está pendurado no espaldar da cadeira; as calças pendem bem dobradas sob o paletó: meu marido as tirou sem retirar o cinto, que, preso nos passantes, descai da cadeira com a ponta em que a fivela está presa. Com meu olho fixo e arregalado, posso ver um pouco do couro do cinto, um cinto sem costuras, espesso, liso, castanho e como que lustroso por um longo uso, além da fivela de metal amarelo, quadrada. Dei esse cinto de presente a meu marido cinco anos atrás, nos primeiros tempos de nosso casamento. Fui a uma sapataria de luxo da via Condotti e o escolhi depois de uma longa hesitação: primeiro pensei em comprar um preto, talvez de crocodilo, para a noite. Depois pensei que, na cor castanha, poderia ser usado tanto de dia quanto de noite. Era muito curto para ele, que, mesmo não sendo corpulento, é bastante robusto, e mandei fazer outros três furos. Após as refeições, é comum que ele o afrouxe, porque come e bebe muito. Na fivela mandei gravar uma espécie de dedicatória, para V de sua V, que quer dizer: para Vittorio de sua Vittoria. Ah, como na época eu gostava dessa semelhança de nomes. Para nós, quase foi um bom motivo para nos casarmos. Às vezes eu dizia a ele: "A gente se chama Vittorio e Vittoria, só podemos ser vitoriosos".

Pronto, meu marido abre a porta do banheiro e depois seu corpanzil robusto e poderoso, mas não propriamente gordo, já de cueca e camiseta regata, se interpõe entre mim e a cadeira. E então, com repentina memória, recordo como, onde e por quem fui ofendida ontem: por ele, por meu marido, justamente por ele, após o jantar na casa do industrial para quem ele trabalha. À pergunta: qual é seu tipo ideal de mulher?, meu marido respondeu com a maior espontaneidade que sua mulher ideal é inglesa, loura, de pele clara e bem torneada. Enfim, o tipo do mulherão esportivo, infantil e alegre. Agora se note que eu, ao contrário, sou morena, magérrima e sem curvas, exceto na bunda. Já meu rosto não tem nada de infantil, muito menos de alegre. Tenho o rosto emaciado, consumido, se diria, por um ardor febril, de olhos verdes, nariz adunco, boca grande e volumosa. Sempre demasiado maquiada, como certas prostitutas do interior, não sei por quê, não resisto à tentação de pintar meu rosto à maneira de uma máscara violenta, de uma seriedade nublada e ameaçadora.

Agora, repensando na resposta de meu marido, experimento de novo, por inteiro, o sentimento de ontem à noite, uma mistura de humilhação e ciúme. Somada ao impulso – que ontem à noite, na presença de tanta gente, tive que engolir – de expressá-lo assim que possível e sem nenhum pudor. Agora meu marido se inclina e me toca a orelha com um beijo. Digo imediatamente, sem me mexer, com minha pior voz, baixa e rosnada: "Olhe, não me beije, hoje não é dia". Note-se que digo "hoje não é dia", ao passo que deveria dizer: "Hoje é dia". Sim, porque sinto, tenho certeza, que hoje é um desses dias em que acontece o que dentro de mim eu chamo de "a desgraça". O que é a desgraça? É algo de casual, de insidioso e negativo, casca de banana, graxa de carro, piso congelado que se deveria evitar e no qual se termina fatalmente escorregando. É a palavra que escapa à nossa revelia, o gesto brusco que nos foge das mãos. É a violência. Em suma: a desgraça.

Ouço a voz profundamente estúpida de meu marido, que pergunta: "O que foi, o que você tem?"; e respondo: "Ontem à noite você me insultou na frente de todos". "Mas você está louca." "Não, não estou louca. Em meu lugar, uma louca teria ido embora na mesma hora." "Mas o que está acontecendo com você?" "Acontece que, quando se falou do tipo de mulher ideal, você disse que o seu era uma mulherona inglesa loura, gostosa e esportiva." "E daí?" "E ainda disse que a imaginava com o cabelo parecido com a cor do champanhe: louro, transparente, cacheado. Quanto a mim, ao contrário, você sempre diz que tenho uma barba preta de frade."

"E então?" "Então você me ofendeu, me feriu. Todos me olhavam, viam perfeitamente que eu não era seu tipo ideal, eu queria ter me enfiado debaixo da terra." "Mas não é verdade, o clima era só de alegria, todos riam porque justamente você não é loura e cheia de formas." "Não me toque, por favor, só o contato de sua mão me provoca arrepios." Digo essas palavras porque, nesse meio-tempo, ele se sentou na beira da cama, puxou meu cobertor até a alça dos quadris e tentou acariciar minha bunda. Deito de bruços e acrescento: "Não é uma frase de efeito: olhe". Ao dizer isso, lhe mostro meu braço magro e moreno, sobre o qual, como uma rajada de vento sobre a superfície lisa e imóvel de um lago, agora vai se expandindo uma crispação visível, como de frio. Ele não diz nada, puxa mais para baixo o cobertor, descobre minhas nádegas. Depois se abaixa e tenta me beijar bem ali, abaixo do cóccix. Então eu estico o braço para trás; tenho no pulso um bracelete maciço, de tipo medieval; bato forte na cara dele. Tão forte que tenho a impressão de ter quebrado seu septo nasal. Ele dá um grito de dor e berra: "O que é que você tem, sua cretina", e me desfere um soco no ombro direito. Digo prontamente, com intensidade: "Ainda por cima, agora você me insulta e bate em mim. E o que mais? Por que não tira o cinto da calça e me dá uma surra, como da outra vez? Mas já vou logo avisando, para que você saiba, que no mesmo instante em que for pegar o cinto, eu saio desta casa e você não me vê nunca mais".

Para entender essa frase é preciso saber que a chamada "desgraça", que ocorre durante "meus dias", foi mais recentemente o uso do cinto, por parte de meu marido, para me punir por minha língua comprida demais. Eu o provoco, o insulto, invento frases cruéis, debochadas, desdenhosas, que o ferem e o ofendem; então, parco de argumentos, ou melhor, de insultos, ele pega o cinto, pula em cima de mim e, mantendo-me parada e de bruços com a pesada mão contra minha nuca, com a outra empunha o cinto e me espanca. Faz isso ordenadamente, apesar do furor sincero, com golpes cruzados e bem distribuídos, sob os quais minha bunda magra e morena logo fica zebrada de marcas vermelho-escuras. Debaixo desses golpes que mantêm um ritmo constante e lento, semelhante ao da própria respiração, não me debato, não tento me subtrair: fico parada, de bruços, paciente e atenta como quando uma enfermeira me aplica uma injeção. Apenas dou a ver a sensação bastante complexa que experimento, emitindo um gemido fino e queixoso, quase um ganido, bem diferente de minha voz normal, que é quente e rouca, o qual me espanta já no momento em que o emito, porque noto nele toda uma parte de mim que pareço ignorar. Gemo, mexo a bunda talvez não tanto para escapar aos golpes, mas para fazer de modo que o cinto me golpeie de maneira uniforme; no final, ele se joga sobre mim, ofegante, ainda apertando o cinto na mão que me passa sob o queixo. Então larga o cinto ali, na cabeceira, e leva a mão à virilha para facilitar a penetração. E eu, exatamente como um cão, mordo com força o couro do cinto, fecho os olhos e volto a gemer, dessa vez pela nova e diferente sensação que ele me inflige.

Já ouço alguém exclamar: "Que bela descoberta! O amor sadomasoquista! Coisa que todo mundo sabe, mais que batida". Pois bem, não, não é assim. Não sou masoquista e meu marido não é sádico; ou melhor, nos tornamos apenas naqueles cinco ou dez minutos da relação sexual; e nos tornamos, faço questão de sublinhar, por "desgraça", ou seja, escorregamos nisso como em uma casca de banana, sem que nem eu nem ele o tenhamos desejado e muito menos previsto. É a desgraça, como certas brigas entre bêbados, certos crimes chamados preterintencionais, certas violências que desabam sobre nós em um momento de felicidade, como raios em céu sereno. Tanto é verdade que, depois, ambos nos envergonhamos e evitamos tocar no assunto; ou, como ocorreu na última vez, prometemos um ao outro que aquilo não se repetiria mais, de jeito nenhum.

Agora, por exemplo, enquanto o desafio a me bater, perscruto minha alma e não encontro o menor vestígio de desejo. Não, não quero ser surrada, o próprio pensamento disso me inspira tédio e tristeza; no entanto, no entanto... mesmo repetindo: "Vamos, vá pegar o cinto, bata em mim", olho a faixa de couro que entrevejo entre os passantes da calça e não tenho nenhuma certeza de olhá-la com aquele horror pressago e indignado que minhas palavras poderiam sugerir. Não, ao contrário, olho-a como a um objeto familiar com o qual, no fundo, não mantenho más relações.

Mas dessa vez, sabe-se lá por quê, não acontece absolutamente nada. Eu o vejo, sim, ir até a cadeira, o vejo pegar a calça; mas, em vez de tirar o cinto como das outras vezes, ele apenas a veste. Tento provocá-lo ao máximo, afinal de contas o cinto continua ali, entre suas mãos, bastaria que, em vez de apertá-lo na cintura, ele o tirasse dos passantes; digo com raiva: "Então, vamos, o que está esperando para me bater como sempre? Tem medo de quê? Vamos logo, estou aqui, com o rabo nu à sua disposição, pronta para sofrer seu ataque de brutalidade. Está esperando o quê?", e assim falando, quase sem me dar conta, como que enlouquecida, me ajeito o melhor que posso para receber os golpes, afasto a coberta que voltou a cobrir meus quadris; mas ele me olha estupefato, sem se mover; e eu retomo: "Diga a verdade, você está com medo, seu covarde, tem medo de que dessa vez eu o abandone de verdade, que eu vá embora. E eu lhe digo que você tem razão, total razão: no momento em que fizer o gesto, digo apenas o gesto, de bater em mim, entre nós tudo estará terminado, para sempre".

Agora vejo que ele me observa com o olhar fixo, indagador e espantado de quem acha que de repente entendeu algo importante; então ergue os ombros com violência e vai embora batendo as portas, uma depois da outra, primeiro a do quarto, depois a do corredor e, por fim, a da entrada.

Só me resta levantar, fazer a toalete, me vestir: minha imaginação, paralisada pela frustração, não pode me propor senão esse mínimo programa de vida. Mas ao sair do banho, ao ir ao espelho para me maquiar, fico assustada com a visão de meu rosto: transtornado, os olhos arregalados, a boca grande que parece ter sugado as bochechas sem viço e ansiosas, quase saltada para fora em um bico

170

sedento e voraz. É o rosto de uma mulher faminta, ávida, ansiosa; mas faminta, ávida e ansiosa de quê? Termino de me maquiar e de repente digo a mim mesma: "Bem, enquanto isso vou ver minha mãe e lhe dizer que decidi me separar de Vittorio".

Minha mãe mora no mesmo prédio, no andar de baixo: um arranjo que eu mesma quis e que, na época do casamento, tinha atribuído ao afeto, mas que agora, ao contrário, intuo estar ligado à minha necessidade instintiva e fatal de me cercar de algozes, carrascos e sádicos. Quem é minha mãe, afinal, senão justamente a pior entre os algozes que me atormentaram durante toda a vida e me reduziram a provocar vergonhosamente, como há poucos minutos, essas mesmas torturas contra as quais pretendo me rebelar? Enquanto desço do meu apartamento para o dela, listo mentalmente todas as coisas a que eu tinha direito, como qualquer criatura humana da terra, e que, ao contrário, minha mãe me roubou, sim, roubou com sua conduta indigna e desumana. Tinha direito a uma infância inocente e despreocupada, e minha mãe a roubou de mim destruindo a inocência ao me tornar testemunha de suas indecentes intimidades com meu pai; tinha direito a uma adolescência serena e feliz, e minha mãe a roubou envolvendo-me nos vários casos com que se consolou após ter se separado de meu pai; tinha direito a uma juventude iludida e desinteressada, e minha mãe a roubou obrigando-me a aceitar um casamento, no fundo, de interesse. E hoje de manhã, não posso deixar de concluir, eu tinha o direito de levar uma surra de cinto de meu marido; e em vez disso ele vestiu a calça, afivelou o cinto e foi embora. Sinto que há um nexo entre as frustrações filiais e conjugais, um nexo humilhante e sórdido: antigamente eu esperava muitas coisas belas, boas e justas da vida, e por culpa de minha mãe não as tive; hoje de manhã eu teria me contentado se fosse surrada; no entanto não obtive nem isso. Então houve uma profunda degradação em minha vida. Como fiz para cair tão baixo? E quem é a responsável direta senão justamente minha mãe?

Bato na porta e espero com impaciência, mordiscando o lábio inferior, o que em mim é sempre um sinal de angústia. Pronto, a porta se abre e minha mãe aparece em um roupão felpudo, com a cabeça enrolada na toalha em um turbante. Exclama: "Ah, é você! Estava precisando justamente de você".

Olho para ela sem dizer nada e entro. O rosto de minha mãe sempre me causa o mesmo efeito, isto é, me inspira sempre a mesma reflexão: "Mas quando ela vai se decidir a envelhecer? Ficar velha mesmo, com rugas, dentes amarelados e bambos, olhos lacrimosos, cabelos desfeitos?". Sim, porque minha mãe conseguiu, não sei como, escapar do tempo; aos cinquenta anos, tem o mesmo rosto liso, esmaltado e tolo que tinha aos trinta. É verdade que esse rosto de um oval afetadamente gracioso foi todo reconstituído e costurado na Suíça por caríssimos cirurgiões plásticos; mas, mesmo assim, toda vez que a vejo, não posso evitar atribuir essa sua inalterabilidade física a uma análoga inalterabilidade moral. Sim, minha mãe permaneceu jovem porque é serena, segura de si e sem nervosismos; e é serena, segura de si e sem nervosismos porque está convencida, digamos assim, de saída, de que as idiotices de suas boas normas burguesas são o máximo da perfeição moral. Ora, me parece sumamente injusto que eu, aos vinte e nove, tenha a cara marcada por rugas profundas porque duvido de tudo, a começar de mim mesma; e minha mãe, ao contrário, tenha um rosto liso e irritante de boneca pela razão oposta, ou seja, porque é uma cretina que não duvida de nada.

Pensando nessas coisas, sinto que estou me enchendo de cólera, como um despertador ao qual se dá corda. Sigo minha mãe em sua sala de estar dos anos 1950 e também aqui, como diante de sua falsa juventude, não posso me eximir de formular a mesma reflexão de sempre: será possível que todos esses móveis pseudoantigos, feitos de tantas partes novas e velhas misturadas, que ela comprou de antiquários ladrões e na moda na época de sua juventude, será possível que esses *trumeaux*, armários, cadeirões, mesas e bancos pseudoespanhóis, provençais e toscanos não tenham ainda se desintegrado e ainda estejam lá, enganando a visita incauta sobre sua solidez e autenticidade? Pergunto secamente a minha mãe: "Precisa de mim? E para quê?".

173

Com a naturalidade da dona que se dirige à escrava, ela estende a perna para fora do roupão e, mostrando-me o pé nu, diz: "Estou sem tempo de ir à pedicure. E você sabe fazer muito bem: é isso, basta eliminar esse pequeno calo aí embaixo, no dedo mindinho. Não sei por que ele sempre se forma".

Explodo imediatamente: "Olhe, vá à pedicure. Hoje não dá mesmo. Além disso, preciso lhe dizer a verdade: seus calos me dão nojo".

Minha mãe logo tem a reação que eu esperava: de egoísta cândida que remete tudo a si mesma. Fecha de pronto o roupão e pergunta, quase espantada: "Então por que você veio?".

"Não para tirar seus calos, com certeza."

Minha mãe finge ajeitar um grande maço de flores que está em um vaso sobre a mesa central. Apruma as corolas, tira as pétalas de flores murchas. Diz com um suspiro: "Como você é deselegante, rude, insuportável".

Improvisando ali no momento uma decisão que nunca tomei, anuncio: "Vim para lhe dizer que estou me separando de Vittorio".

Minha mãe responde com indiferença: "Você sempre diz isso e nunca o faz".

"Mas desta vez é para valer. Ele não me ama, nosso casamento é um fracasso."

"Vocês deveriam ter filhos. A ideia de virar avó me irrita, mas é a única solução."

"Não quero, o que vou fazer com filhos?"

"Então será que alguém pode saber o que você quer?"

Olho para suas mãos, que ela ergue para arrumar as flores no vaso. São mãos grandes de uma mulher grande, de um branco opaco de magnólia, carnais, lisas, com dedos grossos de unhas ovais e maciças, que se movem com lentidão inerte e como que involuntária. Conheço essas mãos; lembro sobretudo como podiam ser impiedosa e sistematicamente brutais quando, ao final de um bate-boca demorado, ela de repente decidia me esbofetear. Isso ocorria em minha infância; mas o esquema da assim chamada "desgraça", isto é, do pretexto fatal e obscuro, não desejado nem criado por mim, que então desencadeava a violência materna, é o mesmo que hoje leva meu marido a me bater com o cinto. Minha mãe me repreendia de modo especialmente estúpido e irritante, eu respondia no mesmo tom; então ela me repreendia por eu responder daquela maneira; eu dobrava a aposta; e assim, de uma frase a outra, ocorria o momento daquilo que eu chamo de "desgraça", visto que eu não queria absolutamente que se chegasse aos tapas e ao mesmo tempo sentia que estava fazendo de tudo para chegar a isso. De fato, minha mãe de repente se lançava sobre mim e me esbofeteava. Ou melhor, tentava me esbofetear; mas eu esquivava a ameaça de suas mãos grandes, exatas e brutais, escapava por todo o apartamento, me refugiava por fim no cômodo dos armários, isto é, o cômodo em que, entre quatro paredes de armários embutidos, nossa camareira, Veronica, costumava passar a roupa, em pé diante de uma mesa comprida. Eu irrompia nesse cômodo e me atirava nos braços de Veronica. Minha mãe me alcançava e, com calma e precisão, logo passava a me esbofetear. Ao primeiro tabefe eu começava a gritar; e, assim como hoje os ganidos caninos com que acompanho as chibatadas de meu marido me espantam obscuramente, porque me parecem revelar uma zona que eu mesma desconheço, do mesmo modo os gritos lancinantes de porca degolada, que na época os tapas de minha mãe arrancavam de mim, me maravilhavam: será possível, era eu mesma que urrava assim?

Eu me agarrava a Veronica e berrava; enquanto isso minha mãe, nem um pouco impressionada, continuava me esbofeteando com método; chegava até a me segurar o queixo para que eu virasse a cabeça e assim recebesse em cheio o tabefe. Essa sucessão de bofetadas durava o suficiente para que eu tivesse o tempo de me recuperar e quem sabe repelir minha mãe de algum modo; mas é surpreendente que eu nunca o tenha feito e que minha reação se limitasse aos gritos. Por fim, ofegante mas ainda dona de si, minha mãe parava e ia embora dizendo: "Que isso lhe sirva de lição para a próxima vez", frase ambígua, que quase parecia prometer que haveria "outras vezes". De minha parte, eu me abraçava a Veronica, que, note-se, sendo uma mulher fria e até severa como era, não movia um dedo para me defender, e dizia a ela entre soluços: "Eu a odeio, a odeio, não quero mais morar nesta casa, nem mais um minuto".

Agora olho para essas mãos e me digo que minha mãe seria bem capaz de me esbofetear como antigamente; bastaria que se recriasse entre nós o clima da "desgraça". Digo bruscamente, na esteira destas reflexões: "Eu não quero nada. A única coisa que quero é que você me devolva o que roubou de mim".

"Roubei? Mas o que você está dizendo?"

"Sim, roubou. Por acaso defraudar uma criatura humana da felicidade a que tem direito não é roubar?"

"E quem seria a criatura humana?"

"Eu. Tinha o direito de ter uma infância feliz; mas você me impediu, tornando-me testemunha de seus coitos asquerosos com seu marido."

"Que também é seu pai, ou estou enganada?"

Sei perfeitamente que não foi assim. Era eu que, menina, impelida por não sei que irresistível curiosidade, não parava de espiar minha mãe e meu pai, que, como acontece, por sua vez não se preocupavam tanto com o fato de serem vistos enquanto faziam amor. Mas não hesito em mentir, porque meu objetivo não é dizer a verdade, mas provocar a "desgraça". "Sim, eu a vi enquanto o masturbava, vi enquanto o metia na boca, vi até enquanto o deixava meter por trás."

Ela não se perturba, tira uma flor murcha do maço e diz: "Terminou?".

"Não, não terminei. Depois de uma infância de voyeur, você me forçou a ter uma adolescência de cafetina. Me envolveu em seus casos, se serviu de mim para se arranjar com seu amante, assustado com seus ciúmes. Até me sugeriu, como se não fosse nada, que eu fizesse uns agrados a ele: entende-se, mãe e filha, qual é o homem que resistiria a uma tentação tão apetitosa?"

Também isso, eu sei, não é verdade. Na realidade fui eu – aliás, em uma única ocasião – que me ofereci de pacificadora entre minha mãe e um de seus amantes; e isso porque o homem me atraía, e em minha cabeça lúcida e delirante de garota ambiciosa, eu me iludia com a possibilidade de suplantar minha mãe aos olhos dele. Mas o homem não entrou em meu jogo e, depois de algumas escaramuças, me rechaçou de maneira particularmente humilhante, e nunca pude perdoar minha mãe por isso. Olho de soslaio para ela, para ver se essa mentira pérfida a deixa indignada. Não, nada; mais uma vez, em tom de sábia paciência, ela pergunta: "Terminou?".

"Não, não terminei, não vou terminar nunca. Você também me roubou a felicidade da juventude. Foi você quem praticamente me vendeu a Vittorio, que fez uma espécie de tráfico de brancas na família. E o preço da escrava que eu sou é justamente este apartamento, que ele lhe deu de presente depois do negócio fechado, ou seja, logo após nosso casamento."

Isso não só não é verdade, mas também é exatamente

o contrário do que de fato ocorreu, porque, como já disse, fui eu quem exigiu que meu marido desse o apartamento a minha mãe, que eu queria perto de mim, sempre à disposição, morando no mesmo prédio. Pela terceira vez, olho para ela esperando surpreender algum sinal de perturbação, por exemplo, um tremor daquelas mãos antigamente sempre prontas a me punir. No entanto, mais uma vez ela não reage; é claro, intuiu com o instinto do algoz que eu quero provocá-la e, literalmente, se recusa a me dar satisfações. Diz inflexível: "Agora vá embora porque eu tenho o que fazer. E não apareça mais enquanto isso não passar".

Vou embora. Mas, uma vez na soleira, não resisto à tentação de gritar para ela: "Não vai passar nunca".

Cá estou de novo, no patamar, com um sentimento atroz de frustração: todo o meu corpo treme, os olhos estão embaçados de lágrimas. Depois, nessa névoa de pranto, ganha corpo uma imagem, digamos assim, já tradicional em minha breve e angustiada existência: uma onda marinha, alta e verde, coroada por caracóis brancos de espuma, que se encurva ameaçadoramente sobre mim com sua massa cintilante e vítrea.

Essa onda iminente não é uma imaginação de meu abatimento; na realidade eu a vi muitos anos atrás, no mar do Circeo, em um dia em que, imprudentemente, meu pai e eu tínhamos saído para uma nadada. Tínhamos saído da praia ao norte do promontório, em um mar calmo; assim que dobramos o promontório, o mar se revelou cada vez mais traiçoeiro e agitado. Assim, num piscar de olhos, sem entender o que tinha acontecido, nos vimos em um caos de ondas que se cruzavam, se chocavam e se quebravam umas nas outras, aparentemente sem ordem e sem direção. Meu pai gritou que o seguisse e se pôs a nadar entre as ondas que dançavam à sua volta, frenéticas, rumo à ponta do promontório. Justo naquele momento, enquanto me esforçava para estar perto dele, vi a não muita distância erguer-se daquela extrema desordem do mar uma onda inexplicavelmente compacta, bem formada e, como dizer?, consciente da própria direção e de seu destino. Em suma, aquela onda ameaçava a mim e só a mim, com a clara intenção de me alcançar e me destruir. Gritei logo: "Papai", e então, um instante depois, lá estava a onda rolando em minha direção, isolada no mar que, em torno dela, por contraste, agora me parecia quase calmo.

Gritei de novo, desesperadamente: "Papai", e ao mesmo tempo a onda se encurvou sobre mim. Mas meu pai não estava longe, despontou perto de mim antes que a onda arrebentasse sobre nós. Com um terceiro grito de "Papai", lancei os braços em seu pescoço e me agarrei a ele com força.

A onda quebrou sobre nós, e emergimos dela após uma luta frenética no escuro, ele tentando nadar para a margem e eu me agarrando mais que nunca em seu pescoço. Então, eis que ele dá um empuxo para trás e tenta se livrar do meu abraço. Mas eu não solto, me aperto a ele.

180

A última coisa que vejo é meu pai tentando soltar meus braços do pescoço e depois, sem conseguir, prendendo o lábio inferior entre os dentes, fazendo pontaria e me dando um tremendo soco na cara, com toda a força. Desmaiei; ele se desprendeu de mim e me arrastou pelos cabelos até a orla; recuperei os sentidos quando ele estava agachado sobre mim, fazendo respiração boca a boca.

Desde aquele dia, a onda alta e consciente se tornou o símbolo de tudo o que me ameaça neste caos da existência; e o soco de meu pai, por sua vez, se tornou o símbolo de tudo aquilo que, mesmo com violência, deseja e pode me salvar. Agora a onda está sobre mim, e num impulso decido visitar meu pai, o único que pode me salvar dessa antiga ameaça.

Meu pai, que é escultor, mora em um velho ateliê ao fundo de um jardim denso e descuidado, aos pés do Gianicolo. Deixo o carro do lado de fora do portão, aperto o botão de uma antiga campainha. Passam dois ou três minutos e finalmente, com um rangido, o portão se abre e me dirijo para o ateliê que fica bem ao fundo, sob a colina do Gianicolo. Caminho depressa por uma estradinha rebaixada, entre canteiros cheios de exuberantes ervas daninhas. O que vou fazer na casa de meu pai? É o que me pergunto ao ver aqui e ali, entre a grama alta de junho, suas esculturas emergirem tão expressivas de sua impotência criativa. São enormes blocos monolíticos, de pedra rosada, cinzenta, azulada, esculpidos toscamente, tipo ilha de Páscoa ou México pré-colombiano, com alusões a monstros ou cabeças humanas de todo modo monstruosas. Na verdade, digo a mim mesma enquanto os observo de passagem, não passam de enormes pesos de papel ou de cinzeiros, a grandeza não modifica sua originária futilidade. Então, o que estou indo fazer com o autor desses pesos de papel? Respondo a mim mesma: evidentemente pedir que ele mais uma vez me dê, no meio da cara, aquele murro salvador.

Levanto os olhos: lá está meu pai na soleira do ateliê, gigante decrépito e vacilante, em camisa de linho cinza e calça de veludo cotelê. Porém, quando chego ao pé dele, penso sem novidades que aquele murro ao qual aspiro com tanta nostalgia ambígua ele não me dará, e que só posso contar comigo para não me deixar arrastar pela onda que me ameaça. Sim, porque há dois anos meu pai tem o rosto grotescamente deformado por uma paresia: é como se dois dedos impiedosos lhe agarrassem a bochecha esquerda e a puxassem daquele lado com força, obrigando-o a um perpétuo piscar de olho, numa careta obtusa de compreensão incerta e equívoca.

Ele me abraça, grunhe algo incompreensível, abre caminho para mim no ateliê. Um dos tantos monolitos está bem no meio, levemente esboçado. Outros estão encostados nas paredes, já terminados. Por mera formalidade, giro em torno das esculturas, finjo me interessar, enfim, represento o papel da visitante respeitosa e absorta. Mas enquanto isso a angústia me oprime, e anuncio de repente com a voz estrangulada: "Vim para lhe dizer que Vittorio e eu nos separamos".

Então se estabelece o seguinte diálogo entre ele, que balbucia de modo inarticulado, e eu, que falo com o choro preso na garganta. Ele: "Por quê?".

"Porque bate em mim."

"Bate em que sentido?"

"Faz que eu me deite de bruços, nua, e me bate com o cinto da calça."

"E é por isso que vai deixá-lo?"

Subitamente revejo a onda alta e escura que me ameaça, curvando-se sobre minha cabeça; revejo meu pai, que prende entre os dentes o lábio inferior para melhor desferir o murro; e então me esqueço da paresia e grito: "Na verdade o estou deixando porque quero vir morar com você".

Meu pai se assusta visivelmente. Murmura que não há espaço no ateliê; que há uma mulher em sua vida (sua criada, eu sei); que eu preciso tentar me reconciliar com meu marido e outras coisas desse tipo. Mas eu não o escuto e de repente lanço os braços em seu pescoço, justamente como fiz aquele dia no mar, e grito para ele: "Se lembra de quinze anos atrás no Circeo, quando me salvou a vida enquanto eu me afogava? Lembra que eu me agarrei a você com os dois braços, exatamente como agora, e você, para não se afogar comigo, me deu um soco na cara?

"Oh, papai, entre tanta gente que quer me bater e ofender, você é o único que gosta de mim, e eu me lembro daquele soco como a única ofensa que me foi feita por amor."

Agarro-me desesperadamente a ele. Assustado, ele recua e balbucia: "Mas quem quer ofender você?".

"Mamãe, meu marido, todos."

"Todos?"

"Mamãe me encheu de bofetadas agora há pouco. Eu queria desabafar com ela, e essa foi sua resposta."

Arregala os olhos, me pega os pulsos com as duas mãos, se solta, mas não me desfere o soco. Murmura: "Sua mãe gosta de você".

Grito para ele: "Mas você não vê em minhas bochechas os sinais das mãos horríveis dela? E, ainda por cima, depois que meu marido me deu uma surra de cinto. Não acredita? Então veja, veja".

Não sei que frenesi exibicionista me tomou. Apoio-me no monolito que se encontra no meio do ateliê, me inclino para a frente com a cabeça para baixo, levanto a saia acima da bunda. Tenho uma bunda masculina, estreita e musculosa, com duas covinhas frementes, uma em cada nádega. Grito: "Veja, veja como meu marido me trata!".

O que aconteceu? Ouço, é o caso de dizer, um grande silêncio atrás de mim enquanto tento baixar a borda da calcinha. Então a mão de meu pai se sobrepõe à minha, a detém, a afasta. Em seguida, a mesma mão puxa minha saia para baixo. Me viro, ele está diante de mim, balança a cabeça, balbucia: "Não faça essas coisas".

Lanço-me para ele, agarro sua mão, levo-a aos lábios e beijo, dizendo: "Só você pode me salvar".

Ele solta a mão, me olha e por fim consegue dizer, com visível esforço, o que está pensando desde o início de minha visita: "Você é louca".

"Não, não sou louca. É você que não é mais o mesmo. Era um homem lindo, agora é uma ruína, com a cara toda torta. Era um homem capaz de dar um murro em sua filha; agora tem medo de ver minha bunda!"

Dessa vez ele se enfurece, a alusão à paresia o feriu em cheio. Estranhamente a raiva o faz superar o embaraço da paresia, e ele diz com suficiente clareza: "Olhe, você está fora de si por causa de seu marido. É melhor que vá embora".

Grito: "Covarde, vamos lá, me dê um soco, vamos ver se com essa sua mão você é capaz de fazer alguma coisa além desses seus estúpidos pesos de papel monolíticos".

Nada disso: ele ergue lentamente a mão enorme, mas aberta, como para que eu medisse bem seu tamanho, e então diz com a voz embargada: "Vá embora. O que você quer de mim? Que te encha de tapas? Lamento, mas não tenho o costume de bater em mulheres".

Diante disso, só me resta ir embora. Exatamente como aconteceu com meu marido e minha mãe. Me retiro; meu pai não me acompanha até a porta. Já segura na mão um de seus instrumentos para esculpir: de longe, faz um gesto de despedida com aquela ferramenta. Na verdade, digo a mim mesma, ele não se importa minimamente comigo e me perdoa até os insultos, contanto que eu vá embora.

Assim, aqui estou rejeitada e frustrada de novo. Mecanicamente torno a percorrer a estradinha entre os canteiros cheios de grama alta, dos quais se erguem os monolitos de meu pai, saio para a rua, entro no carro, ligo o motor, dou marcha à ré. Mas, em meio à angústia, erro a marcha. O carro dá um solavanco para a frente e bate em um poste que, sabe-se lá por quê, está logo adiante; se estivesse um metro mais afastado, não teria acontecido nada. Freio, abro a porta, desço do carro, vou verificar: a frente está afundada, um farol está aos pedaços, o para-choque destruído. Mas não me vem a raiva impotente e miserável que sinto nessas ocasiões. O acidente me deu uma ideia, digamos assim, funcional: ir encontrar Giacinto.

Giacinto é o único homem com quem, em cinco anos de casamento, eu traí meu marido. Digo que traí meu marido com ele, mas não é verdade; porque, de fato, Giacinto "não conta".

Frequentemente me digo: "O que quer dizer 'trair' nesses casos? Giacinto entrou e saiu, eis tudo, e somente uma vez. Isso por acaso é traição?".

Foi assim. Tive um acidente, o mesmo de hoje: em vez de engatar a marcha à ré, engrenei a terceira. Assim como hoje, a frente do carro ficou destruída, e aqui terminam as semelhanças. Era meu primeiro carro, e eu não tinha um mecânico. De repente lembrei que, não longe de casa, numa ruazinha em que eu passava todos os dias, havia uma oficina. Na frente da oficina, do lado esquerdo da rua, sempre havia um carro sendo consertado, e o mecânico deitado no chão, com metade do corpo debaixo do veículo e metade para fora. O mecânico era Giacinto; antes mesmo de ver seu rosto eu já tinha observado seus genitais, que, por ele estar assim supino, de pernas abertas, formavam um inchaço volumoso e visível, mesmo de longe. Depois vi também seu rosto: era um belo homem de meia-idade, aspecto de antigo romano, magro e severo, de nariz aquilino e boca altiva, no qual os dedos de graxa davam uma expressão curiosamente transtornada. Juro que nem me passou pela cabeça fazer amor com Giacinto no dia do meu primeiro acidente; eu só estava fora de mim, porque era meu primeiro carro e lá estava ele, todo arrebentado, e eu scm dinheiro. Fui diretamente para a ruazinha, era maio, um belo dia quente, e ele, como de costume, estava consertando um carro, supino, com metade do corpo embaixo e metade fora. Quem sabe o que me deu na cabeça, talvez isso que chamam de inspiração. Eu me inclinei e, sem dizer nada, lhe dei um tapinha ali, bem na protuberância do jeans. Depois, é claro, me dirigi a ele: "Escute, o senhor pode dar uma olhada em meu carro?". O tapinha foi tão leve que, quando ele saiu de baixo do carro e me olhou por um momento com aqueles olhos azuis e atordoados,

187

quase achei que ele não tivesse percebido e não entendi se isso me desagradava ou me dava prazer. Ele foi ver o carro e logo me disse, em tom seco e brusco, quanto custaria o reparo. Era bastante, bem mais do que eu temia; tive uma repentina crise de sovinice e, quase sem refletir, lhe disse: "Para mim é muito, muito caro. Mas não poderia haver outra forma de pagamento?". Ele olhou para o carro e depois para mim, justamente como se eu fosse um objeto de troca, e falou com aquela seriedade de artesão: "É claro que há outra forma". Então, depois de pensar um pouco: "Entre, vamos testar o carro, ver se há algum estrago no motor". Assim fomos, ele dirigindo e eu a seu lado, muda e perplexa, por uma alameda suburbana que corre paralela ao Tibre. De repente ele dobrou numa estradinha de terra e disse: "Vai ser só desta vez, porque sou um homem casado e amo minha mulher". Respondi calorosamente: "Claro, só desta vez, porque estou mesmo sem dinheiro". Quem sabe o que naquele dia me fez ser tão avara!

Desde então se passaram três anos, já troquei duas vezes de carro e sempre levo a ele para pequenos reparos, porque não me deixa pagar nada e, toda vez que ponho a mão na carteira, diz invariavelmente: "Cortesia da casa", que é seu modo de me dizer que, para ele, aqueles dez minutos em que entrou e saiu de mim foram importantes, tão importantes a ponto de fazê-lo consertar meu carro de graça por toda a vida. Porém, como por um pacto, não falamos mais de amor.

188

Agora vou até ele como se fosse a única pessoa que pode me ajudar nesse turbilhão de minha vida. Desta vez não vou por avareza; vou porque, no dia em que ele entrou e saiu de mim, não sei por que, depois do sexo, perguntei a ele, já que pouco antes se dissera casado: "Se você viesse a saber que sua mulher, que você tanto ama, o trai justamente como eu hoje traí meu marido, o que você faria?". "Não quero nem pensar nisso." "Mas faria o quê?" "Acho que até poderia matá-la."

"Matá-la!" Ah, balela! Cão que ladra não morde. No entanto, agora me seria de grande ajuda se esse cão mordesse de verdade. Estranhamente, talvez porque Giacinto seja um operário, um proletário, alguém do povo, me vem à mente aquele verbo cruel e arrogante, "justiçar", que os terroristas utilizam com tanta frequência em seus panfletos: "Nós justiçamos...", ao que seguem nome, sobrenome, profissão e às vezes uma definição da pessoa, cheia de desprezo e de ódio. Esse verbo soa bem aos meus ouvidos de vítima predestinada a todas as violências: "Ontem justiçamos Vittoria B., típica senhora burguesa, indigna de levar adiante sua miserável existência de masoquista inveterada". É verdade que Giacinto não é o justiceiro ideal, e até suspeito que no fim das contas ele seja um pequeno-burguês como qualquer outro; mas, enfim, é o único homem do povo com quem fiz amor em minha vida; e, se alguém deve me matar, prefiro que seja ele.

Assim me dirijo à ruazinha não distante de minha casa, onde ele tem a oficina; eu o encontro como sempre debaixo do carro que está consertando, metade dentro e metade fora. Então me agacho, olho ao redor, vejo que não há ninguém e lhe dou uma apertada forte no volume da calça. Ele sai imediatamente, com os olhos franzidos, se vê que está furioso. Digo a ele: "Olhe só o que me aconteceu".

Ele não diz nada, vai em silêncio até meu carro, dá uma volta em torno dele, olha; então pronuncia, seco: "É um estrago e tanto. Vai gastar umas cinquenta mil liras".

"Bem, pode consertar."

"Mas desta vez não vou dar crédito."

"Ou seja?"

"Ou seja: a senhora me paga cinquenta mil liras."

Ele me chama de senhora! E me faz pagar! Uma fúria complexa me assalta, em que há um pouco de tudo: avareza, frustração, a ideia de que não quero mais viver, o verbo "justiçar" e assim por diante. Digo a ele em voz baixa, cúmplice: "Vamos para a estrada de terra. Preciso falar com você".

Ele fica em silêncio. Mas entra no carro, e eu me sento ao lado dele: partimos. Durante o trajeto, digo a ele rangendo os dentes: "Não quero nada grátis. Estou pronta a pagar pelo conserto como da primeira vez".

Ele responde sem se virar: "Não, quero o dinheiro e pronto. Já lhe disse: sou um homem casado, tenho esposa".

190

Imediatamente rebato: "Tem esposa, hein! Pois fique sabendo que ela te trai. Trouxe você aqui só para te dizer isso. Ela te trai com Fiorenzo".

Mais um juramento. Juro, por mais que possa parecer inverossímil, que um minuto atrás eu ainda não pensava em dizer a Giacinto que a esposa o traía. E ainda por cima com Fiorenzo, empregado dele. Apenas me ocorreu falar assim, por uma súbita inspiração. Obviamente é uma mentira: mas justamente a mentira de que preciso para provocar sua violência. Vejo que ele fica com o rosto todo vermelho sob as marcas de graxa dos carros, de um vermelho-escuro, quase roxo. Diz: "Mas quem te contou?".

Em seus olhos já há uma ameaça ou me engano? Dobro a aposta de pronto: "Você parece um antigo romano, com esse seu rosto severo; no entanto é um romano moderno, um pobre coitado, com uma mulher que lhe mete os cornos e você nem percebe. Sim, nem percebe que, enquanto está trabalhando debaixo dos carros, Fiorenzo está em cima de sua esposa".

Simpática, não é? Uma dessas frases venenosas que penetram fundo e machucam. De fato, ele imediatamente perde a cabeça; se vira de repente e me agarra com as duas mãos pelo pescoço. Justamente o que eu queria. Engasgo porque o ar me falta e então grito, de dentro daquelas mãos que me estrangulam: "Me mate, sim, me mate, faça justiça".

Oh, mas minha invocação surtiu o efeito oposto ao que eu desejava. Talvez aquela expressão "fazer justiça" o tenha assustado, causado suspeita. Então ele me solta, abre a porta do carro, sai e se afasta pela trilha, correndo. A última coisa que vejo dele são as costas, enquanto avança depressa entre os arbustos da vegetação rasteira.

Por um momento permaneço parada no carro, atônita e perplexa, com a porta aberta, pela qual vejo a mancha da vegetação cheia de papéis e dejetos. Por fim, digo a mim mesma que todos esses meus desastres decorrem do fato de que quero ser amada por meu marido, como qualquer mulher que se respeite, apenas isso. Da decepção com meu marido nesta manhã vieram todas as outras decepções: o desentendimento com minha mãe, a briga com meu pai, o rompimento com Giacinto – que, pensando bem, foi o verdadeiro prejuízo dessa história toda, porque de agora em diante vou ter de pagar pelos consertos. Essas reflexões terra a terra de algum modo me encorajam; no fim das contas, não sou uma louca à procura de alguém que a espanque, massacre, mate; sou simplesmente uma mulher que precisa de amor. Fecho a porta, ligo o motor e parto em direção à minha casa.

Minutos depois, estou no patamar do meu apartamento. Abro a porta de leve e me esgueiro para dentro, como uma ladra, com cuidado e evitando fazer barulho. Da porta de entrada, passo na ponta dos pés para o corredor; deste, sempre na ponta dos pés, chego ao quarto de dormir. Está todo arrumado; a diarista fez a faxina e já foi embora. O quarto está vazio, as persianas estão baixadas pela metade, há uma penumbra limpa, discreta, tranquila. Não sei por quê, no entanto percebo alguma coisa insólita; talvez seja apenas a sensação do contraste entre essa ordem, esse silêncio, essa tranquilidade, e a cena que se passou nesta manhã entre mim e meu marido. Mas não, há algo mais; algo de novo e de insólito, que não consigo identificar. Depois, quando olho na direção da cama, de repente noto que bem do lado onde eu durmo, à esquerda da cabeceira, pende de um prego que não me lembro de já ter visto, preso pela fivela, o cinto de meu marido.

Vou pegá-lo e depois, apertando-o na mão, me sento na borda da cama. Estou ao mesmo tempo inquieta e assustada. Até então, todas as surras que recebi de meu marido foram provocadas por aquela fatalidade imprevista e imprevisível, aterradora e inconscientemente desejada, que eu, em minha linguagem interna, chamo de a "desgraça". Caíamos nela juntos, eu e meu marido, à nossa revelia e sem nos darmos conta. Mas agora esse cinto, pendurado ao lado da cabeceira como um instrumento de tortura na cela do inquisidor, ao alcance da mão e pronto para ser usado assim que necessário; esse cinto que vai pender sobre minha cabeça enquanto eu estiver dormindo, e vai estar diante de meus olhos quando eu acordar, me aterroriza como um sinal de que tanto eu quanto ele tomamos decididamente o caminho de uma cumplicidade lúcida e consciente, e nem por isso menos forçada. De agora em diante, saberemos com a antecipação que é própria dos prazeres organizados que em certo momento eu devo me deitar de bruços, devo baixar as cobertas até descobrir os glúteos, e depois meu marido deve tirar o cinto do prego e bater forte em mim, enquanto emito meus estranhos ganidos de dor.

Assim como tudo, isto agora é certo e, consequentemente, repugnante.

Mas talvez aquele cinto pendurado no prego seja uma advertência afetuosa. Meu marido pôs aquele prego e pendurou o cinto nele justamente para me inspirar estas reflexões, esta repugnância. Como se dissesse: "Olhe, este é o abismo em que estamos caindo".

Quem sabe. Talvez, assim como eu, ele queira e não queira. No entanto, é claro que foi ele quem fixou o prego, quem pendurou o cinto.

Hesito olhando para o cinto que tenho sobre os joelhos, entre as mãos. Então me decido, me levanto, torno a pendurá-lo no prego. Agora olho o relógio. É quase uma. Daqui a pouco ele vai chegar para o almoço; é hora de preparar algo para comer. Lanço uma última mirada para o cinto que pende sobre a cabeceira e saio do quarto. Ele vai vir, e conversaremos sobre tudo isso durante o almoço. Ao menos para isso serve uma cumplicidade como a nossa: para conversarmos.

194

O dono do apartamento

Os preparativos terminaram. Transformei o sofá da sala em cama; dormirei nele. Ele (ou ela) vai dormir em minha cama. Comprei um pouco de enlatados, alguns quilos de massa e alguns queijos e embutidos, para o caso de ele (ou ela) não querer ou não poder sair de casa. Por fim, tirei minhas roupas do armário para que ele (ou ela) possa guardar o material, digamos assim, fornecido. Agora só me resta esperar: ele (ou ela), segundo o telefonema de ontem, deveria chegar no máximo daqui a uma hora.

Mas é preciso nos entendermos quanto às palavras. "Antes" elas tinham um sentido, digamos, normal; "agora", têm um sentido que chamarei de "organizativo". Em meu caso, por exemplo, o verbo "esperar", em sentido organizativo, não quer dizer aguardar alguém ou alguma coisa; significa estar no local que me foi designado e não sair daqui por motivo nenhum. Em suma, se é verdade, como creio que seja, que em cada espera está em jogo um elemento pessoal, esta não é uma espera. Assim se verifica esta estranha contradição: enquanto espero que ocorra algo específico em um futuro utópico, em minha existência imediata e cotidiana de homem comum não sei realmente o que espero e talvez, observando bem, não espere nada. A menos que eu resolva transformar o meio em fim, ou seja, fazer de mim mesmo, que não passo de um meio, o fim de tudo. Mas então, nesse caso, como eu poderia acreditar no fim último, o único satisfatório ainda que bastante remoto?

De resto, mesmo a expressão "homem comum", desde que faço parte da Organização, adquiriu para mim um significado diverso. "Antes" eu estava convencido, quase com uma ponta de satisfação, de ser efetivamente nada mais que um homem semelhante a tantos outros. "Agora" sei, com certeza, que devo justo ao fato de ser um homem comum o papel bastante insólito que fui chamado a desempenhar. Portanto "homem comum", em meu caso, quer dizer um homem comum que finge ser um homem comum para fazer alguma coisa de incomum: bem complicado, não é?

No entanto, mesmo não esperando nada, ainda assim devo deixar o tempo passar e, infelizmente, não posso fazê-lo passar da maneira de "antes", por exemplo, quando esperava uma mulher. Esse é um tipo de espera que um homem como eu, de meia-idade, não propriamente feio, com um salário razoável, que vive sozinho em um apartamento de dois quartos e banheiro, conhece bem. É a espera por excelência, por antonomásia, aquela que, mesmo em nível cotidiano, condensa todas as outras, até as mais sublimes e utópicas. Obviamente, tendo em vista que a Organização esvazia as palavras de sua polpa e só deixa a casca, não viverei propriamente a espera de uma mulher, mas a representarei, isto é, vou agir como se de fato esperasse o momento mais privilegiado de todos, aquele que separa o desejo de sua satisfação.

Antes de tudo, vou à janela, abro os vidros e me ponho diante do peitoril. Moro no segundo andar, um lugar ideal para observar sem ser observado e ainda menos envolvido. Agora já é fim de tarde, depois de um dia de chuva primaveril que deixou o asfalto molhado e o ar esfumaçado e úmido. Da janela, meu olhar se dirige diretamente ao outro lado da rua, para um edifício muito parecido com o meu, com filas e filas de janelas todas iguais que se sobrepõem até o céu, e muitas lojas no térreo, à direita e à esquerda do portão. Depois meu olhar retrocede do prédio para os carros estacionados em quarenta e cinco graus ao longo da calçada e, desta, para os grandes plátanos já revestidos da miúda folhagem da primavera, plantados em intervalos regulares. Mais para cá está o asfalto, onde vão e vêm incessantemente, em direções opostas, duas filas de automóveis.

Por fim, vejo uma calçada idêntica à do outro lado da rua, cheia de plátanos e carros estacionados em quarenta e cinco graus. Única diferença: a banca de jornal. Quanto à fachada do meu prédio e às lojas que estão alinhadas no térreo, obviamente não as vejo, mas as "sinto", ou seja, sei que estão aqui e que são idênticas à fachada e às lojas da frente. Ah, sim, tudo o que é comum e normal não se imagina, se "sente".

Agora, ao ver essa paisagem urbana, me dou conta de que mudou. Antigamente eu tinha a impressão de fazer parte dela; não só percebia isso, mas também me regozijava. De vez em quando, sobretudo ao anoitecer, depois de um dia passado na escrivaninha, eu me levantava, ia até a janela, abria os vidros e acendia um cigarro com prazer, olhando a rua. Na verdade, não tanto observava todas essas coisas conhecidas e já mil vezes observadas, quanto saboreava o afeto reconhecido que elas me inspiravam: era como reencontrar presenças afetuosas e cordiais, que me ajudavam a viver. De resto, o que havia de estranho nisso? Eu era um homem comum, que morava em um dos bairros mais comuns e levava uma vida de bairro; era justo, além de inevitável, que eu me regozijasse ao abrir a janela e olhar para fora.

Mas agora não é assim. Logo me dou conta de que, em vez de acender um cigarro, fico no parapeito quase com embaraço, sem saber o que fazer, e tenho imediatamente, ao primeiro olhar, a sensação de estar excluído da realidade que se oferece à minha vista. Sim, não me reconheço mais na rua, tal como em um espelho embaçado no qual é impossível se refletir. O que eu era se parecia com a rua; aquilo que sou só tem necessidade da rua. Em síntese, a rua, depois de ter sido por tanto tempo o lugar onde eu vivia, agora se tornou o local onde finjo viver.

De repente, enquanto faço essas reflexões, eis que os postes se acendem todos juntos e a alameda passa repentinamente da sombra confusa do entardecer à visibilidade enganosa da noite, iluminada pelas luzes da cidade. Então, nesse momento preciso, vinda não se sabe de onde, uma mulher sai da calçada em frente e avança em minha direção. É jovem, talvez muito jovem, grande, majestosa, como circundada de um halo de beleza. Está vestida com um suéter longo de faixas horizontais e uma calça jeans tão apertada na virilha que lhe desenha um monte de dobras finas ao redor do púbis, tanto que me faz pensar em um sol que dispara seus raios acima do horizonte. Caminha com a graciosa deselegância das mulheres que só são ágeis quando estão nuas, com os seios de fora e os quadris empinados para trás. Tem o pescoço redondo e forte, o rosto grave, levemente cheio nas bochechas e mais estreito nas têmporas, as maçãs do rosto altas e os olhos grandes e límpidos. Onde eu vi esse rosto? Talvez na reprodução de uma figura feminina de Piero della Francesca que tenho pendurada em meu quarto.

Essa mulher tão linda se despe do escuro da noite e avança ereta entre os carros do estacionamento, os olhos apontados para o alto, em minha direção. É ela, não há dúvida, é a pessoa que a Organização me enviou; é ela, e eu sou o homem mais afortunado da Terra. Agora chegou ao portão do meu prédio, daqui a um instante vai sumir de minha vista. Não resisto, ergo o braço, com a mão lhe mando um gesto expressivo que quer dizer: "suba, eu moro no segundo andar". Ela me vê, assente de pronto com um aceno de cabeça, desaparece. Com o coração aos pulos, me retiro da janela, corro para a entrada e espio pelo olho mágico.

É o gesto que fiz tantas vezes no passado, quando me acontecia de esperar uma garota. Não sou um homem que teve muitas aventuras; sei com certeza que, também nesse campo, minha experiência é normal, ou seja, escassa e limitada. Todos já fizeram tudo, essa é a verdade. No entanto, pelo menos uma vez, tenho a impressão de que está me ocorrendo algo raro, alguma coisa de único: a pessoa que a Organização me enviou é também a mulher que vou amar, aliás, que já amo. Esse pensamento me deixa feliz como um jogador que, desde a primeira rodada, apostou no prêmio máximo.

Espiar pelo olho mágico sempre me causou um efeito estranho. As coisas são vistas de uma perspectiva remota, ao passo que, na realidade, elas estão bem na nossa frente, debaixo do nariz. Talvez porque parecem tão distantes, as pessoas têm um ar meditativo, fúnebre, irreal: parecem figuras de sonho ou até fantasmas de defuntos; me inspiram um sentimento de culpa, como se estivessem ali, em calma emboscada, para me repreender por sabe-se lá que falta. Desta vez também experimento as duas sensações associadas ao sonho e à culpa. Vejo meu pequeno patamar transformado em um longuíssimo corredor, ao fundo do qual desponta o convite da escada de onde em breve emergirá a figura da mulher com o suéter listrado. O convite parece distante um milhão de anos-luz, mas ao mesmo tempo sei que, quando abrir a porta, ela pode até cair em meus braços, de tão perto que estará.

O patamar continua vazio por um tempo infinito; talvez a mulher esteja se demorando a olhar as placas das portas, procurando meu nome. Depois, eis que sua cabeça aparece lá embaixo, ao fundo, subindo a escada.

Logo me dou conta de que deve haver algo estranho. É muito mais magra do que a mulher que vi na rua. O pescoço não é forte e redondo, mas fino e nervoso. O rosto não tem a expressão de gravidade angelical das mulheres de Piero della Francesca; é um rosto triangular, vulpino, de expressão aparvalhada. Os cabelos pendem ao longo das bochechas abatidas como se estivessem molhados; o suéter não se ergue sobre o pcito, mas muito mais abaixo, como se os seios tivessem deslizado para a cintura. Ela se aproxima, e então descubro que não está olhando as placas à procura de meu nome, como faria alguém da Organização; de fato, após ter hesitado um momento, ela se encaminha para a escada, rumo ao terceiro andar. Então abro a porta, apareço e digo: "Ei, aonde você vai?".

Imediatamente ela para e se vira. Tem uma erupção vermelha entre a narina e o canto da boca: esboça um sorriso: "Não sabia onde encontrá-lo. Você me fez um sinal e depois sumiu".

Tem uma voz feia, que consegue ser ao mesmo tempo rouca e estrídula. Desce até meu patamar; daqui a um momento vai entrar em minha casa; fecho a porta com força. Ela logo exclama num tom desagradável: "Ei, o que deu em você?".

Falo através da porta: "Desculpe, eu a confundi com outra".

Responde com humildade: "Eu já devia ter imaginado: sempre acontece isso, me confundem com outra. Bem, pelo menos pode me dar alguma coisa?".

"O que você quer?"

"Cinco mil liras, para comer."

Não sei por quê, de repente me lembro de que poucos dias antes encontrei uma seringa no hall do meu prédio, dessas que se descartam logo depois do uso. Com certeza alguém, muito impaciente para esperar, se picou bem ali, em vez de fazer na rua. Digo com raiva: "Comer, hein! Ou para se drogar?".

"Afinal de contas, vai me dar as cinco mil liras ou não?"

Tiro a cédula da carteira e a empurro por baixo da porta. Ela se inclina para pegá-la e bem nesse instante, atrás dela, eis que se perfila ainda remota a figura de um homem atarracado e baixo, de rosto muito branco e barba bem preta, com dois olhos redondos como duas castanhas sob a fronte calva. De sua mão pende uma mala bastante grande; lança uma mirada interrogativa à jovem. Ela me dá as costas e vai embora, movendo desajeitadamente os quadris magros. Eu abro a porta, e ele entra.

Minha filha também se chama Giulia

Aqui estou, sozinho no feriado de Ferragosto, por uma dessas falsas fatalidades que costumam ser chamadas de raio em céu de brigadeiro. Devíamos viajar, Giulia e eu, para um balneário nas vizinhanças de Roma. No último momento, fico sabendo que não estaremos sós, também virá um tal de Tullio, com quem ultimamente Giulia tem ido ao cinema. Tullio, segundo Giulia, é um amigo, um puro e simples amigo, e que seja: mas até no dia de Ferragosto! Diante de meus protestos, ela me respondeu com o habitual jargão psicanalítico: "Você gostaria de me fazer crer que está com ciúmes; na verdade, em seu inconsciente, só deseja que eu o traia". Quem sabe por que, ao ouvir essas palavras, saltei como uma fúria: "Ah, é assim? Então é melhor não nos vermos mais". E ela, com uma calma desconcertante: "Também acho que é melhor". "Então adeus." "Adeus."

205

Agora me pergunto por que terminei com Giulia. Ou melhor, por que não terminei antes. Enfim, por que levei adiante uma relação tão estéril e tão irritante por dois longos anos. Pergunto a mim mesmo enquanto estou deitado no sofá do escritório, no silêncio do feriado de verão. Mas pergunto sem vontade, preguiçosamente. Na verdade, a sensação de estar finalmente livre depois de dois anos de servidão sentimental, em vez de me estimular e me inebriar, age sobre mim como um sonífero. Como se o fato de eu ter me libertado de Giulia me desse o direito de dormir, em vez de fornecer respostas a certas questões. Sim, digo a mim mesmo parafraseando Hamlet, "dormir, talvez sonhar", mas em todo caso suspender por um tempo o real como se suspende um espetáculo por um problema de iluminação.

Enquanto penso nessas coisas, tiro voluptuosamente os sapatos dos pés e os atiro para longe; desabotoo o colete; afrouxo o nó da gravata, desafivelo o cinto. Então, depois de ter lançado uma mirada circular aos meus queridos livros, tão numerosos e tão inúteis, como para agradecer por velarem meu sono de intelectual libertado, adormeço.

Nem durmo tanto, talvez uns dez minutos, e durmo com a sensação de que sinto falta de Giulia, que gostaria de ser acordado por ela. Depois, ainda no sono, ouço o toque do telefone, um toque forte e agressivo, que me faz pensar nos telefones que se ouvem nos filmes. Penso comigo, sempre dormindo: "Ela que insista; a certa altura vai se cansar"; e sei que estou pensando em Giulia. Mas o telefone não se cansa, e então me levanto do sofá e tiro o fone do gancho. Assim que ouço a voz de Giulia perguntando "o professor está?", experimento uma sensação de alegria misturada, é claro, com impaciência. E respondo: "Aqui fala o professor. O que é que há?".

"Há que precisamos conversar."

Digo em tom de paciência, como quando falo a um aluno ignorante: "Você sabe perfeitamente que nesses dois anos fizemos de tudo, menos conversar. Entre nós não existe comunicação, você já deveria ter entendido. Deve ser uma questão de geração, ou de cultura, sei lá, mas com você acontece o mesmo que com minha filha: não nos entendemos, somos dois perfeitos estranhos. Então para que continuar?".

"Não, desta vez precisamos conversar a sério, para nos entendermos, para deixarmos de ser estranhos."

"Mas conversar sobre quê?"

Ficou um momento calada e então disse, com alguma hesitação: "Eu sei que você acha que me expresso em... como você diz?".

"Psicanalês."

"Sim, psicanalês. Mas mesmo assim precisamos falar de nosso relacionamento, sobre nós dois, isto é, o fato de que, enquanto eu sei com certeza que você é ao mesmo tempo meu pai e meu filho, você insiste em ignorar que eu sou ao mesmo tempo sua filha e sua mãe."

"E você chama isso de conversar?"

"E assim, enquanto não peço nada mais que deixar tudo como está, porque se pode mudar de homem, mas não de pai ou filho; você, ao contrário, queria mudar tudo, porque não se dá conta de que se pode mudar de mulher, mas não de mãe e filha."

"E você chama isso de conversar?"

Ela se cala por um momento e depois pergunta cautelosa: "Tem alguém aí com você?".

"Não, ninguém, por quê?"

"Então subo daqui a pouco."

"Espere, o que você vem fazer aqui?"

Mas a chamada se interrompe; olho um momento o fone; então volto a me deitar no sofá. Ela disse que vinha daqui a pouco: o que quer dizer daqui a pouco? Uma hora? Duas? Dez minutos? Vinte? Naturalmente, estou ao mesmo tempo contente e descontente, aliviado e oprimido, desejoso e indiferente; isto é a normalidade. Se tanto, a frase de Giulia "precisamos conversar" desperta em minha memória um eco tão indubitável quanto misterioso. Quem disse "precisamos conversar" em meu passado mais recente? Sem dúvida, alguém que entendia a frase não no sentido psicanalítico e pré-fabricado que Giulia lhe atribui, mas literalmente. E de fato, junto com a frase, o eco me remete ao tom com que a frase foi pronunciada, doloroso e desesperado. Conversar, ou seja, se explicar, se compreender. Mas quem a disse?

Um novo toque interrompe essas reflexões. Penso que é Giulia; desta vez digo a mim mesmo que lhe informarei com a máxima firmeza que não quero "conversar" de jeito nenhum com ela. Tiro o fone do gancho e pergunto com violência: "Pode-se saber quem é?".

Uma voz baixa, inarticulada, pronuncia "É Giulia"; e eu então grito logo: "Escute, Giulia, eu pensei bem e é melhor não nos vermos, tudo acabou mesmo entre nós".

Naturalmente, com a velha covardia de sempre, depois dessa frase tão drástica não desligo o telefone; aguardo a resposta. Então a voz diz: "Não, aqui é Giulia, sua filha. Não reconhece mais minha voz?".

Por um átimo, olho para o fone como quem olha as mãos de um ilusionista durante uma sessão de mágica. A homonímia das duas Giulias de fato me parece um truque malicioso e inexplicável. Digo por fim, ainda transportado por minha decisão de romper com a "outra" Giulia: "Ah, é você! E o que você quer de mim?".

A voz de minha filha não tem o tom provocante e didático da outra Giulia; é afetuosa, filial, mas com uma ponta de convenção, de voluntarismo: "Mas como, papai, faz dois anos que não nos vemos e você me atende dessa maneira! Quando fui embora de casa, você só fazia me repetir: 'Nós dois precisamos conversar'. Então, papai, liguei para conversar. Incomodo?".

"Não, mas estava esperando uma pessoa."

209

"Uma mulher que se chama Giulia como eu! Ah, papai, papai!"

"O que há de estranho, Giulia é um nome bastante comum."

"Uma Giulia que você não pode suportar, que não quer mais ver. Bem, no lugar dela, vou eu; e assim ainda lhe dou uma boa desculpa para se livrar da moça; vai dizer assim: minha filha está aqui comigo, não posso receber você."

"Mas agora ela já está vindo."

"Chego aí antes dela. Estou aqui embaixo, no bar da praça."

"Está sozinha?"

"Claro. Já estou subindo."

De repente, me sinto tão angustiado que nem consigo abotoar o colete e apertar a gravata. Então tinha sido eu, justamente eu, o pai, que dissera à filha de dezoito anos que queria ir embora de casa: "Nós dois precisamos conversar"; e ela lhe respondera, arrogante e desdenhosa, que não tinha nenhuma curiosidade de saber o que ele tinha a lhe falar. Havia sido eu; e agora não me parecia mais tão casual que, apenas um mês depois da fuga de minha filha, eu tivesse encontrado outra Giulia, ela também de dezoito anos e também em fuga.

Livro-me da gravata, vou à janela, me inclino e olho a praça, quatro andares mais abaixo. É uma pequena praça da Roma barroca, com seus edifícios, sua tratoria, seu bar, suas lojas fechadas no feriado. De lá do alto se vê o calçamento deserto, em geral escondido pelos carros estacionados. Apenas um carro está em uma esquina, à sombra; minha filha de repente sai do bar e caminha pela praça na diagonal, dirigindo-se para o carro em que está apoiado o jovem de sempre, barbudo e de cabelos cheios. Minha filha fala com ele, o homem responde. Então me retiro da janela e, por um estreito corredor forrado de livros, vou até a entrada bem a tempo de escutar, no térreo, o elevador que começa a subir de um andar a outro.

Quem agora vai bater em minha porta? Giulia ou Giulia? Giulia, digamos assim, minha namorada que tinha dito "chego aí daqui a pouco"; ou Giulia, minha filha, que disse "estou na praça, já subo". Qual das duas vai chegar primeiro? Enquanto isso, quem eu desejo que apareça na soleira?

Aí está o ruído do elevador que para em meu andar; alguém sai, fecha as portas, dá um toque curto e reticente na campainha.

Vou abrir com o estranho desejo de que seja uma terceira mulher, quem sabe minha esposa, de quem vivo separado há muitos anos; ou uma terceira Giulia, que não seja minha filha e ao mesmo tempo não se considere minha filha. Que não tenha um rapaz barbudo a esperando lá embaixo; nem um tal de Tullio que a acompanhe ao cinema.

Tomo coragem e abro. É Giulia, a garota Giulia, como de fato eu esperava. Pequena, com a cabeça grande e o corpo miúdo, olhos enormes, boca caprichosa e aquela graça indefinível que às vezes as mulheres de baixa estatura têm.

Digo automaticamente: "Eu estava esperando minha filha".

"Quem? Giulia? Eu a vi lá na praça, conversando com um cara. Bem, diga a ela que você está ocupado, que volte amanhã. Fique tranquilo, ela precisa de você, vai voltar."

Segue adiante pelo corredor balançando as cadeiras de leve, como que satisfeita da própria graça. E acrescenta: "Afinal de contas, quantas filhas você quer ter? Eu não lhe basto?".

O diabo vai e vem

Esconder-se é relativamente fácil; o problema é como ocupar o tempo enquanto se está escondido. Neste quartinho ou quitinete, como se queira, não tenho livros, nem discos, nem rádio, nem televisão, apenas um jornal que minha vizinha do apartamento de baixo me traz toda manhã, junto com as compras do dia; portanto, o que me resta é ocupar-me de mim mesmo, que é justamente o que eu não queria fazer. Infelizmente não sei fazer outra coisa, ou melhor, não há mais nada a fazer. Então reflito, calculo, medito, especulo, analiso e assim por diante; mas sobretudo fantasio. Chove há alguns dias; o rumor que a chuva faz tamborilando no telhadinho de metal da porta-janela ali fora, na varanda, como de uma pessoa falando aos cochichos, interrompendo-se de vez em quando para retomar o fôlego, favorece minha fantasia.

Fantasio enquanto estou deitado no colchonete maltrapilho que me serve de cama e de sofá, fantasio apoiando a testa no vidro da porta-janela e olhando a pequena varanda espremida entre velhos telhados, chaminés, mansardas e campanários pequenos e grandes; fantasio de pé na minúscula cozinha escura e estreita, esperando que ferva a água do chá. E assim imagino que num desses dias vou ouvir o elevador parar em meu andar, fato insólito e aliás único, porque minha quitinete é apenas a antecâmara do terraço aonde ninguém vai; e um passo leve, lento, talvez manquejante se aproximando de minha porta.

Então um dedo, seu dedo, vai apertar o botão da campainha, haverá um som curto e alusivo que reconhecerei, e vou abrir, embora com alguma lentidão e repugnância: apesar de invocada e aguardada, sua visita é pouco agradável. A primeira surpresa será vê-lo surgir em feições de menina loirinha, com olhos azuis desbotados, nariz de narinas salientes, boca severa. Estará vestida com um casaquinho branco e acolchoado de falsa ovelha; ficarei surpreso com o fato de o casaco estar enxuto, apesar de estar chovendo bastante: faz sentido, o diabo cria suas peles, mas não à perfeição de torná-las molhadas. Imediatamente me dirá com voz metálica e petulante: "Vim encontrar você, o que está fazendo?". Responderei: "Como vê: nada. E você? Está vindo de onde?". Fará um gesto vago: "Moro aqui do lado, nesta mesma travessa. Mamãe saiu, então aproveitei a ausência dela para lhe fazer uma visita". Não direi nada, pensarei que é tudo conversa fiada: a mãe, a travessa, a visita; mas entoada por

214

uma metamorfose de menina. Aí vou perguntar: "Mas por que você está mancando?". "Eu me machuquei, caí na escada enquanto levava a garrafa de leite." Nesse ponto, vai tirar o casaco dizendo: "Mas faz muito calor aqui dentro. Deixa sempre o aquecedor aceso?"; e verei que está vestida com um corpete minúsculo e uma saia curtíssima, o resto é tudo perna: robustas, altas, musculosas, pernas de mulher. Sobre o peito há um pingente curioso, uma garra engastada em ouro. Poderia ser uma garra de leão, como se vê em todo canto na África; mas o leão tem garras claras, e esta, ao contrário, é preta.

Enquanto olho para ela, a menina circula pela quitinete fazendo um monte de perguntas sobre este ou aquele objeto, justamente como as crianças costumam fazer. Isso é o quê? Isso serve para quê? Por que você tem isso? Quem lhe deu isso?; e assim por diante. São objetos dos mais comuns; mas ficarei atento, porque suspeito o tempo todo de que logo ela passará dos objetos insignificantes aos mais significativos. De fato, subitamente, abrirá uma gaveta da mesa de cabeceira e irá com a pequena mão agarrar a coronha do revólver: "E isto, para que serve?". "Serve para se defender." "Como assim?" "Defender-se atirando." "Atirando?" "Sim, está vendo esses buracos? Em cada buraco há um projétil. Quando você aperta o gatilho, a bala sai em grande velocidade do cano e vai se alojar em algum local, digamos, por exemplo, ali no armário, abrindo um belo buraco nele, porque

215

tem uma potência de impacto muito forte." "E se em vez do armário for uma mulher, um homem ou uma criança, o que acontece?" "Alguém será ferido. Ou vai morrer." "Mas você já atirou em alguém?" Ficarei calado por um momento, dizendo a mim mesmo que agora a máscara caiu e que o interrogatório está tomando o rumo previsto; então direi: "Sim, para me defender. Mas só uma vez". E ela, saltando imediatamente para a consequência mais extrema: "Então quer dizer que morreu. Quem era, uma menina como eu?". "Não, era um homem." "Um homem malvado?" "Vai saber, eu não o conhecia." "Quer dizer que você atirou porque não o conhecia?" "Digamos que sim." "E por que atirou no segundo homem?" "Não, nada de segundo homem, não houve um segundo homem." "Não teve coragem de atirar no segundo homem?" "Do que você está falando? Vou repetir: não houve e não haverá um segundo homem."

Ela não dirá nada: vai saltitar mais um pouco pelo cubículo e então se sentará à mesa, diante da máquina de escrever, e dirá: "O que é isto?". "Você está vendo, uma máquina de escrever." "E o que você escreve nela?" "Meus trabalhos." "Ah, me deixe escrever alguma coisa também." "Pode escrever." Ela se sentará à mesa e, lentamente, com aplicação, batendo as teclas com um dedo só, escreverá algo sobre a folha de papel. Irei dar uma olhada, por cima de sua cabeça baixa; verei formar-se a seguinte frase: "Você não tem coragem!". Terminará de escrever e depois

216

levantará da cadeira e voltará a saltitar pelo cubículo, repetindo como um refrão: "Você não tem coragem, você não tem coragem". Direi a ela: "Se não parar com isso, boto você para fora". Mas ela sempre saltitando: "Você não tem coragem, você não tem coragem!".

Então irei até a porta-janela e apoiarei a cabeça no vidro: verei a varanda espremida entre outras varandas mais baixas e mais altas e, na luz mortiça e escura da chuva, bem diante de mim, um elaborado campanário barroco. Logo abaixo das arcadas dos sinos, notarei uma larga lápide de travertino que, sabe-se lá por quê, nunca havia percebido antes. Então lerei, esculpido em grandes caracteres antigos, na pedra amarela e corroída, toda lustrosa de chuva: "*Errare humanum est, perseverare diabolicum*". Sob esta sentença, discernirei outras palavras latinas, a data, o local, o nome do personagem que pôs a lápide.

Nesse momento ouvirei às minhas costas a voz da menina, que dirá: "Agora volto para mamãe. A esta hora deve estar preocupada comigo, por não ter me encontrado em casa". Direi maquinalmente, sem me virar: "Mas vá para o inferno". De imediato ouvirei sua voz, a verdadeira, me respondendo com calma: "Eu vou, não duvide disso, mas com você". Exclamarei, ainda sem me virar: "Até que enfim você se revelou! Uma menina, hein! E como é que será esse inferno? Fogo, ranger de dentes, fedor de carne queimada?". "A repetição daquilo que você sabe." "Mas antes de tudo, quem lhe disse que vou repetir?; e, em segundo lugar, que repetir significará para mim um tormento infernal?" "Ao contrário, tormento nenhum. Você vai estar bem e, dentro dos limites da humanidade comum, será até feliz." "Mas então por que está dizendo que vai ser o inferno?"

"O inferno não é sofrer mais; é repetir o já feito e, por meio da repetição..." "Continuar sendo o que se é?" "Não, ao contrário, tornar-se outro." "Outro: não entendo." "No entanto é simples: você comete um erro, reconhece que o cometeu, continua sempre o mesmo; não o reconhece, aliás, comete outro erro idêntico, e já é outro." "Outro de que maneira?" "Sem sequer a lembrança do homem que era antes de repetir o erro." "Ah, é por isso que agora há pouco você cantarolava: não tem coragem, não tem coragem." "Finalmente você entendeu." "Mas afinal o que você queria dizer?" "Queria dizer que você me invocou, me propôs vender aquilo que sabe, se eu em troca o fizer recomeçar a vida no ponto exato em que aconteceu aquilo que aconteceu. Eu vim e lhe respondo: posso contentá-lo, mas de uma única maneira: fazendo-o tornar-se outro por meio da repetição." "Mas primeiro você teria que achar argumentos convincentes para que eu repetisse." "Quanto a isso, não tema: sou mestre em achar argumentos." "A repetição. Agora há pouco olhei da janela e vi pela primeira vez aquela lápide ali. Onde justamente se diz que repetir é diabólico." "Ah, sim, não era preciso o latim para compreender isso. Bastava um momento de reflexão."

"Suponhamos que eu repita. Eu não poderia reconhecer pela segunda vez que errei?" "Oh, não, não, fácil demais. E eu ficaria com o que nas mãos? Uma folha de papel?"

"Não quero saber desse pacto, pode ir embora, voltaremos a conversar sobre isso." "Você me invocou dizendo que não aguentava mais continuar assim como está, se declarava pronto a ser outro, qualquer outro; e, no entanto, agora me diz: voltaremos a conversar!" "Eu queria ser outro, sim, mas com a lembrança de ter sido quem sou." "Essas coisas eu não posso fazer; de resto, o que eu ganharia com isso?" "Então, uma vez mais, vá embora." "Vou voltar: até logo."

Nessa altura haverá um breve silêncio; então a voz da menina dirá: "Já é tarde, volto para minha mãe: tchau". Vou me virar, e a menina, já enrolada em seu falso casaco de ovelha, virá me envolver o pescoço com os braços, beijando minhas bochechas. Não retribuirei os beijos; abrirei a porta, olharei enquanto ela se afasta no patamar, notarei mais uma vez que manca.

Esta fantasia me retorna todos os dias, e eu, ao repeti-la, a aprofundo e a enriqueço. Agora, por exemplo, enquanto estou cozinhando dois ovos no fogão, imagino que, em vez da menina, quem toca minha campainha é a estudante do primeiro andar, uma moça pálida e bonita, de olhos verdes. Virá com um pretexto qualquer, conversaremos, ela vai topar, e a coisa acabará da maneira prevista e previsível. Depois, bem no instante de maior abandono, verei sobre seu peito o pingente com a garra negra. E quando ela sair da cama, inteiramente nua, e for até a janela e exclamar, olhando para fora: "Que linda varanda você tem, que belos vasos de flores, que campanário bonito", me darei conta de que manca um pouco. Mancando, dará umas voltas pelo quarto, assim como às vezes fazem as mulheres na casa de um novo homem, e então abrirá a gaveta...

Que me importa o carnaval

O carnaval! Que me importa o carnaval! O carnaval na minha idade, na minha posição! Enquanto penso essas coisas, no escuro, tentando pegar no sono sem conseguir, uma lembrança me persegue: a da menina que encontro todas as manhãs (ela vai à escola, eu vou pegar os jornais) e que sempre tem um ar aflito, mortificado, assustado. É uma menina muito comum, loura, de cabelos compridos e lisos, os olhos de um azul desbotado, o rosto pálido e sem cor. Pois bem, hoje, depois de tomar o café, enquanto fazia minha habitual caminhada nas Zattere, encontrei-a completamente transformada não só no aspecto físico, mas também, por assim dizer, no caráter, e entendi que essa transformação se devia exclusivamente ao carnaval, isto é, ao fato de estar mascarada. Estava fantasiada de Arlequim, toda em losangos coloridos, com meias brancas e sapatinhos pretos. Assim que me viu, logo me lançou um sorriso de reconhecimento candidamente provocador, jogou sobre mim uma nuvem de confetes e então escapou com uma risada sufocada para uma ruela próxima. Penso e repenso várias vezes naquele encontro, me perguntando o que havia acontecido para que aquela menina tão triste e tímida se tornasse alegre e desinibida; e concluo que o carnaval tinha "agido". O rosto aflito que ela costumava exibir era na realidade uma máscara; a máscara de Arlequim era, ao contrário, seu verdadeiro rosto.

Alguém acende o abajur da mesa de cabeceira; vejo inclinar-se sobre mim uma negra de lábios enormes, de olhos grandes como dois ovos fritos: "O que foi? Já está na cama a esta hora? Todos estão descendo para a rua, todos mascarados, e você já na cama às dez? Vamos, levante-se, vista-se. Comprei uma bela máscara para você, olhe como é bonita! Chega, eu estou indo, vou para a praça: nos vemos lá, tchau". É minha esposa, mulher muito séria, diretora de escola, que por sua vez se mascarou de selvagem, ou melhor, graças ao carnaval se descobriu uma selvagem. Digo que está bem, que nos vemos na praça; a negra desaparece num rodopiar de folhas plásticas de bananeira. Então me ponho sentado na cama, vejo a máscara que minha mulher me comprou e fico pasmo: é a máscara do diabo, com a boca obscena e vermelha feito fogo, a barba de bode, bochechas pretas, testa enrugada e chifres. Pego maquinalmente a máscara, ajusto-a no rosto, desço da cama e vou me olhar no espelho.

Mais tarde, saio de casa segurando a máscara numa mão e, na outra, apalpando sob o capote o cabo de uma faca que, sabe-se lá por quê, na hora de sair, talvez sugestionado pela máscara, não pude deixar de pegar numa gaveta da cozinha. Há um pouco de névoa, um uivo de sirene ressoa na noite. Me viro: bem ao fundo, acima das casas da distante Giudecca, vejo passar com todas as luzes acesas um enorme transatlântico branco. Estou de mau humor; tenho a impressão de que minha mulher foi prepotente comigo, seja me forçando a me mascarar, seja comprando justamente aquela máscara. Mas no fundo, no fundo, alguma coisa me diz que, assim como na menina tímida, o carnaval está agindo, vai agir.

Eis o cais do Canal Grande. Bem naquele momento chega o *vaporetto*, imediatamente vejo que está lotadíssimo, e que grande parte dos passageiros está mascarada. O *vaporetto* atraca; sou o último a subir; me vejo esmagado contra a amurada; atrás de mim se apinham rostos de todos os tipos, de loucos, chineses, camponeses bobos, peles-vermelhas, velhos bêbados e assim por diante. Aperto a amurada com as duas mãos, viro minha cara de diabo para o Canal Grande e penso como de costume que, de noite, esta nossa famosa via aquática é realmente sinistra, com todos os palácios mortos e apagados, com as águas tenebrosas reluzindo debilmente reflexos oleosos. Mas de repente volto atrás. Lá está um palácio estreito e alto, que não me lembro de já ter visto um dia, com todas as janelas iluminadas, nas quais se destacam os perfis negros e irregulares de estranhos indivíduos que, pela aparência, estão mascarados. Essas pessoas agitam os braços, riem, ameaçam, se movem. O *vaporetto* desliza e se afasta; o palácio desaparece no escuro; fico com a impressão desconcertante de não ter visto direito, de ter tido uma alucinação.

Mas eis um novo motivo de desconcerto. Alguém, uma mulher, se aperta contra mim, pressiona ora o seio contra os ombros, ora o ventre contra os glúteos. É verdade, há uma grande multidão; mas a mulher o faz de propósito, quanto a isso não pode haver dúvida. Naturalmente o diabo, de quem trago as feições no rosto, a esse contato que devo chamar de íntimo, desperta, formula pensamentos que é melhor calar e organiza planos mirabolantes, liberta esperanças irreais. Tento enfrentar a situação me apertando o mais que posso à amurada, concentrando minha atenção nas trevas familiares do Canal Grande. Entretanto uma vozinha doce me sussurra no ouvido: "Diabo feio, por que me tenta?". Então me viro de repente, mordido.

É a morte, ou melhor, uma mulher que, sabe-se lá por quê, se mascarou de morte. Trata-se provavelmente de uma garota muito jovem, como se pode adivinhar pela parte não mascarada de seu corpo: quadris estreitos e no entanto arredondados, ventre um pouco saliente, pernas compridas e metidas numa calça jeans bem apertada.

Da cintura para cima, essa garota de seios tenros e ventre musculoso está fantasiada de morte. Com o frio que faz, ela veste um leve casaco preto no qual está desenhada, a giz, a caixa toráxica de um esqueleto, com as costelas e o esterno bem visíveis. O casaco termina no pescoço, que é lindo, bem torneado e robusto, um tanto largo na base, como o de certas camponesas da montanha. O pescoço sustenta uma pequena caveira de dentes protuberantes, igualmente desenhada a giz sobre papelão preto.

Mas será possível? O diabo não se assustou nem um pouco com aquela aparição fúnebre, e com razão, porque a morte e o diabo sempre andam de braços dados, como se sabe; decidido e malicioso, ele retruca: "Morte, o que é que você quer?". A vozinha doce logo afirma: "Sou a morte e quero você". "Ah, é mesmo? Então vamos nos dar bem, porque eu sou a vida e também te quero." "Você é a vida? Mas não é o diabo?" "Mas claro, não sabe que o diabo é a vida?" "Eu imagino a vida diferente." "E como a imagina?" "Diferente. Talvez com o rosto de um rapazinho bonito." "Conversa fiada, pense bem e vai me dar razão." "Tchau, diabo, nos vemos na praça, tchau, tchau." Afasta-se de mim, junta-se a um bando de mascarados e desce no cais de San Marco. Sem titubear, ajustando a máscara no rosto e apertando mais que nunca a faca sob o capote, me lanço atrás dela.

No caminho há uma multidão enorme, oitenta por cento mascarada. Enquanto persigo a morte que, sendo muito alta, sobressai do mar de gente com a cabecinha incerta e de dentes arreganhados, o diabo me sugere todo um planejamento que, digamos assim, por dever de hospitalidade, eu preciso escutar. Aqui está: "Você segue a morte até a galeria esquerda da praça; a certa altura há uma arcada: dê um jeito de desviá-la, de fazê-la atravessar a ponte e atraí-la para o canteiro de obras de uma casa em restauração, pouco mais adiante. Ali, em um canto escuro, saque sua faca e a aponte contra a barriga dela, fazendo a injunção que você sabe. Depois o resto virá por si". Um plano magnífico, como se vê; apenas com um pequeno inconveniente: que eu não quero absolutamente saber disso. Respondo: "Belo, belíssimo, mas não se toca mais no assunto". E ele, sardônico: "Não se toca mais no assunto, hein! Mas enquanto isso você já está fazendo o que eu quero. Se não, por que você agora estaria, por exemplo, dando o braço a ela e lhe dizendo: 'Bonito, não é?'".

Ele tem razão, com o pretexto da piazza San Marco transfigurada pelo carnaval, passei meu braço sob o braço da morte. Mas a praça está realmente magnífica. As fachadas dos palácios estão iluminadas como o dia, com todas aquelas fileiras de janelas que parecem camarotes de teatro; a basílica resplandece de ouros com as cúpulas que se assemelham a várias tiaras de fantásticas rainhas do Oriente; o campanário se ergue, ereto e rosado, como um falo colossal de tijolos. No retângulo imenso da praça, uma multidão violenta e alegre parece tomada de uma crise epilética coletiva. Todos pulam, dançam, se perseguem, se agrupam, se dispersam. Todos gritam, cantam, chamam, respondem. Em algum lugar deve haver algum tambor turco, grande como um enorme barril, do qual se ouve a intervalos uma batida surda e regular. Por cima da multidão, como flocos de neve levados por um ciclone, voam notas musicais de todo tipo. Aperto o braço da morte e lhe sussurro: "Morte, o que me diz, não é maravilhoso?". "Digo que solte meu braço, diabo feio." "O que acha de irmos ali, para as bandas da Merceria? Há um canteiro de obras onde poderíamos ficar a sós, longe deste tumulto." "Ficar a sós para quê?" "Assim, para nos conhecermos melhor, para conversar."

Não diz que sim nem que não, parece tentada e ao mesmo tempo assustada: com a mão, tenta tirar a minha de seu braço, mas não se empenha muito e desiste. Insisto: "Então vamos, venha", e começo a me mover quando ocorre algo imprevisto: um grupo de máscaras nos cerca de repente, todos se dão as mãos, formam um círculo e começam a girar em torno de nós numa ciranda frenética. Mesmo girando vertiginosamente, cantam não sei que canção debochada e de vez em quando se aproximam bastante de mim e mostram a língua e tiram sarro. Agarro-me à morte, mas ela me repele; então, num momento em que a ciranda desacelera, eis que ela rompe a corrente, escapole e desaparece na multidão. Louco de raiva, me arremesso contra a ciranda, mas ainda perco um minuto antes que aqueles alucinados me deixem passar.

Começo a correr avançando à força de empurrões; de repente vejo a morte na galeria, parece de fato se dirigir ao local que eu lhe havia indicado. Avanço todo contente e logo paro de chofre: sob a casaca preta noto calças de homem, marrons, com as barras dobradas. Então recuo, lá está de novo a morte: é uma mulher, mas não é ela, está de botas. Nova corrida entre a multidão, vejo a terceira morte na entrada da Merceria: é uma anã. Mas que ideia se fantasiar de morte sendo tão baixa! E lá está a quarta morte na margem dos Schiavoni: é uma morte embriagada, vacila e tropeça; sob a casaca lhe desponta uma calça azul de marinheiro. Depois a quinta morte me aparece enquanto dou voltas em torno do Palazzo Ducale. É uma morte baixa e corpulenta, que leva pela mão um menino fantasiado de caubói de faroeste.

Desisto, vou para baixo da galeria. Lá estão as portas do Florian. Oh, e quem se vê lá? A menina fantasiada de Arlequim. Está perto da porta, de pé; ao lado dela há outra menina, fantasiada de cavaleiro do século XVIII: chapéu tricorne, peruca, roupa de veludo preto, meias brancas e sapatos lustrosos. Sem dúvida uma amiga. Paro e me dirijo a ela com voz cavernosa: "Arlequim, sabe que eu conheço você?". E ela, cândida: "Eu também o conheço". "E quem eu sou?" "É o senhor que encontro todas as manhãs ao ir para a escola." Perco o fôlego: como ela me reconheceu com essa máscara? Lanço-lhe um punhado de confetes e então atravesso a praça, chego à arcada, passo a ponte e avanço no escuro, dentro do canteiro de obras. Lá está um tonel de cal, com água pela metade. Jogo a máscara ali e a observo por um momento. Ela boia na superfície da água: a luz de um poste faz a boca se avermelhar, acende um reflexo na laca negra das bochechas. Jogo também a faca na água e vou embora.

Aquele maldito revólver

O que fazer? Depois de duas ou três horas de uma insônia furiosa, me levanto da cama no escuro, vou às apalpadelas até a cômoda, pego o revólver, depois abro a porta e me dirijo à sala. Aqui também está um breu, devem ser umas três, a hora mais escura; acendo a lâmpada próxima à lareira; minha cabeça dói um pouco por causa do vinho que bebi, mas o pensamento está lúcido, até demais! Mecanicamente me deixo cair assim como estou, de pijama e pés descalços, na poltrona perto do espelho negro e noturno da vidraça. Aperto a empunhadura do revólver, o dedo no gatilho, gesto expressivo de toda uma relação que estabeleci com este objeto amado-odiado. Sim, porque no final ou ele vai me destruir, ou eu o destruirei...

Mas recapitulemos. Ninguém além de Dirce, que neste momento dorme pesado lá no quarto, ninguém além dela sabe da existência desta arma de marca americana, calibre

9 mm, com os números de matrícula limados e munida de vinte balas, das quais cinco no tambor e uma no cano. Ninguém mais sabe, mas infelizmente Dirce sabe que ninguém sabe; e, desde o dia em que comecei a perder a paciência com ela e a falar de nos separarmos, desde aquele bendito dia ela, e não há nenhuma dúvida quanto a isso, me chantageia. Obviamente se trata de uma chantagem hipócrita, camuflada de solicitude, como esta, por exemplo: "Sabe que com esse revólver que seu bom amigo lhe deixou, com o número de matrícula limado, você pode ser preso de uma hora para outra?". Sim, porque é preciso saber que, para explicar a ela a existência do revólver, inventei a história de um amigo em dificuldades, que me pediu para guardar a arma. Na realidade, fui eu e apenas eu que me meti nesta enrascada, só Deus sabe por quê. O revólver se tornou uma obsessão, então o comprei no mercado paralelo e no fim das contas cá estou eu, com uma arma proibida, proibidíssima, que, se for encontrada, vai me fazer pegar pelo menos três anos de cadeia.

Dirce sabe disso e não vacila em me lembrar com ameaças zombeteiras: "Você está em minhas mãos com esse revólver. Se não andar na linha, te denuncio". Ou de modo mais sinistro: "Leu o jornal? Prenderam um cara porque ele tinha uma simples pistola de ar comprimido. Imagine o que fariam com você, que tem essa arma de guerra!". Ou ainda, magnânima: "Fique tranquilo, eu sou um túmulo, não falo nem em sonhos". Até que um dia, depois de uma discussão muito violenta que quase nos levou às vias de fato, ela me advertiu abertamente: "Em seu lugar, eu não falaria tanto em separação. Fique atento, muito atento: sei muitas coisas sobre você". "O revólver, ah, sempre o revólver!" "O revólver e mais."

A este ponto já ouço alguém exclamar: "Se o revólver era tão comprometedor, por que não o jogar em um local seguro, um rio, um bueiro de esgoto, qualquer lugar?". Respondo: "Antes de tudo, me afeiçoei a ele, é um lindo objeto e me custou um monte de dinheiro. Além disso, eu poderia tê-lo jogado fora antes que Dirce o descobrisse". Infelizmente, idiota que sou, por vaidade e por exibicionismo, a primeira coisa que fiz quando ela veio morar comigo foi mostrá-lo, demonstrar seu poder de fogo, montá-lo e desmontá-lo diante de seus olhos. Não posso nem negar que me gabei de ter meus bons motivos para manter aquele objeto ilegal em casa. O fato é que fiz de tudo, de tudo mesmo, para justificar aquela frase ameaçadora: "O revólver e mais". Agora, depois do que aconteceu durante a festa na casa de Alessandro, começo a entender o que poderia ser aquele obscuro e funesto "mais".

Pois é, Alessandro! Vamos falar de Alessandro! Antes de tudo, do nariz de Alessandro! Sim, porque a impressão de uma ambiguidade sinistra e sub-reptícia que aquele homem misterioso me inspira vem toda do nariz. Como é o nariz de Alessandro? É um nariz estranho, um nariz que, quando se olha de frente, parece curvo, com narinas largas e a ponta para baixo; e, quando se vê de perfil, parece reto, de narinas estreitas e a ponta para cima. Em suma, um nariz de pessoa dupla, tripla, quádrupla. Um nariz de agente secreto, de espião. Um nariz que revela todo um programa, mas depois vai saber que programa é esse. Ou melhor, eu não conheço esse programa; mas Dirce, por vários indícios, tenho a impressão de que ela está inteiramente a par. Do contrário, por que será que certa vez, durante uma de nossas tantas brigas, ela teria soltado como por acaso: "Sabe Alessandro, o que sempre nos convida? Bem, eu acho que ele faria qualquer coisa para saber de seu revólver". "Por quê?" "Óbvio: te denunciar; ou te chantagear para fazer o que ele quer." "Mas o que ele quer?" "Na minha opinião, em primeiro lugar ele me quer. Mas ao mesmo tempo quer outras coisas." "Quais?" "Outras."

Mas deixa estar. No entanto examinemos minuciosamente a noitada de ontem. Vou fazer como na moviola (sou montador de profissão): de vez em quando vou parar o filme da memória em um fotograma, isto é, numa lembrança particularmente significativa. Aqui está o primeiro fotograma. Estamos no carro. Dirce e eu, na frente do portão de Alessandro. Eu digo, sem sair: "Mas, afinal de contas, como saber a verdade: Alessandro nos convida porque está apaixonado por você ou porque quer entrar em nossa intimidade para me vigiar melhor?".

"Na minha opinião, as duas coisas."

"Mas *quem* é esse Alessandro?"

"E eu sei lá? Um tipo meio estranho, com certeza."

"Está vendo? Você também acha isso. E de que ele vive?"

"De exportação-importação, diz ele."

"Ah, os negócios habituais, como se diz. Tudo nele inspira suspeita. Por exemplo, o modo tão cinza e burocrático de se vestir. Sente-se que a qualquer dia ele pode tirar esse cinza todo e aparecer de farda militar, cheio das patentes."

"Sim, é verdade, não tinha pensado nisso."

"Mas então o que você me aconselha? Por exemplo, o que devo fazer com o revólver?"

"Você quer que a gente se separe; ontem, inclusive, me pegou pelo braço e literalmente me enxotou de casa para o patamar, vestida de camisola. Agora, queridinho, nada de conselhos. Só lhe digo uma coisa: tome cuidado."

"Cuidado com quê?"

"Antes de tudo, cuidado comigo."

Que simpática, hein? Mas não nos demoremos, o filme da noite corre veloz na moviola da memória, aqui está outro fotograma. Estamos umas vinte pessoas na sala de estar de Alessandro. Sala de estar! Digamos mais propriamente uma exposição permanente de almofadas de tipo oriental, nas quais estamos agachados de qualquer jeito uns contra os outros, uns sobre os outros. Entre parênteses, como se faz para conversar no chão, para comer no chão, enfim, para viver no chão? Claro, o que se subentende de todas essas almofadas muito macias e descoladas é a promiscuidade mais descarada e ao mesmo tempo mais hipócrita...

De fato, agora, enquanto com uma mão seguro um prato cheio de espaguete e com a outra empunho o garfo, tentando não perder o equilíbrio nem derramar o copo cheio de vinho que encaixei dentro da almofada, não posso deixar de ver Dirce, também agachada bem na minha frente numa almofada, com os ombros apoiados na parede. Nem preciso dizer que o dono da casa, o inefável Alessandro, está agachado ao lado dela e, por mais que eu aguce os olhos, não consigo entender onde ele apoia as mãos. Naturalmente já comeram ou, mais provavelmente, não vão comer, têm algo melhor a fazer. Conversam, riem, enfim, se comunicam. De que modo se comunicam? É fácil dizer: Dirce se senta com as pernas cruzadas, de vez em quando finge perder o equilíbrio e cai em cima de Alessandro, que por sua vez se apoia com a mão *atrás* de Dirce e, enquanto fala com ela, roça sua orelha com os lábios...

Claro, assim que me sinto ameaçado por um rival, essa minha companheira tão desprezada, de quem tive a intenção de me livrar, pode-se dizer, desde o primeiro dia de nossa relação, essa Dirce nem um pouco bonita, aliás feia, volta a me agradar como por milagre.

Vamos em frente. Aqui está outro fotograma, ah, muito inquietante. Agora me levanto com esforço de minha almofada; com o copo na mão, me dirijo diretamente para Alessandro e Dirce. Paro diante deles e ergo o copo em um brinde sarcástico: "Saúde! Vocês formam um belo casal! Como ficam bem juntos!". Dirce responde, maldosa: "Não é verdade? E dizer que nos conhecemos há tanto tempo e ainda não tínhamos percebido isso...".

Outro fotograma. Estou bêbado, ou melhor, finjo que estou. Seguro uma garrafa na mão e um copo na outra; com andar vacilante, saio à procura de Dirce e Alessandro, que obviamente desapareceram. Na sala de estar, a festinha continua; chegamos ao ritual do baseado, à guimba que todos passam com compunção depois de dar uma tragada. Com um passo exageradamente titubeante, perambulo pela casa. Primeiro me aproximo do quarto de dormir, todo em estilo turco ou árabe, enfim, oriental: cama baixíssima e maltrapilha, cheia dos casacos dos convidados, colares, xales, rosários, estampas coloridas, punhais, as almofadas de sempre e, olha só o que encontro numa caixa de *lukumis*, que abro porque gosto de doces: um revólver. Mas um revólver muito pequeno, desses de senhora, com a empunhadura de madrepérola; em comparação com o meu, um brinquedinho, um nada, uma coisa ridícula. Em quem Alessandro acha que mete medo com uma arma como essa?

Do quarto de dormir passo ao escritório; surpresa: nada de Oriente, móveis em estilo sueco, austeros, despojados, simples. A propósito, o que Alessandro estuda? Não há um livro sequer, apenas o telefone: aí tem. Aqui está o banheiro, muito pequeno, apinhado de toalhas, robes, artigos de toalete, com mulheres nuas de revistas sexy pregadas nas paredes acima da banheira, em frente ao vaso sanitário.

O que falta visitar para encontrar os dois desaparecidos? Vou até o final de um pequeno corredor e entro no jardim por uma porta de vidro. É minúsculo, abarrotado de árvores, trepadeiras, erva daninha, umidade, escuro, cheio de brilhos incertos, de sombras fantásticas. Lá estão os dois numa atitude inequívoca: apertados um ao outro, as mãos dela sobre os ombros dele, as mãos dele sabe-se lá onde. Imediatamente se separam, como num choque; miro e arremesso o copo na cabeça de Alessandro...

Penúltimo fotograma. Uma vez em casa, Dirce e eu temos uma discussão violentíssima, que no fundo tem menos a ver com o abraço no jardim que com a questão do revólver. Eu a repreendo com palavras bem duras por seu comportamento no mínimo desavergonhado; e ela, sentada na cama, se limita a repetir: "Tome cuidado com o que você diz". Fala uma vez, duas, três, com uma voz tão ameaçadora que, por fim, não posso deixar de esbravejar: "Está se referindo ao revólver, não é?". "Sim, mas não só ao revólver." "Eu não tenho nada a esconder." "Se não tem nada a esconder, então por que apagar o número de matrícula? Por que não solicitar um porte de armas?"

Não sei o que dizer e ataco: "Espia, espiã, dedo-duro, imunda". Ela não se abala. Diz calmamente: "Alessandro também tem um revólver, mas ele o declarou como se deve". Dou um berro tomado de ódio: "Ele tem um revólver ridículo, de menininha, quer comparar com o meu!". "Sim, o seu é proibido por lei, o dele, não." "E daí?" "Daí que você precisa regularizá-lo: só isso." Falo de repente: "Bem, agora vamos dormir". Ela não espera duas vezes e, estranhamente dócil, se levanta, se troca como todas as noites, se deita sem dizer uma palavra, me vira as costas e, pelo que suponho, dorme quase em seguida. Quanto a mim, depois de ter me enfiado na cama, ao lado dela, e de ter apagado a lâmpada, não consigo nem pretendo pegar no sono. Estou de barriga para cima, com as mãos unidas sob a nuca, e passo três horas avaliando os prós e os contras da situação...

Último fotograma, o que estou vivendo agora: sentado na poltrona, de pijama, o revólver em punho diante da vidraça da sala que, nesse meio-tempo, ficou menos noturna, enquanto o alvor sujo do amanhecer já se mistura ao preto da noite. Subitamente tomo uma decisão, me levanto da poltrona, volto ao calor íntimo e escuro do quarto. Vou tateando até a cômoda, abro a gaveta, devolvo o revólver ao mesmo lugar. Então entro de novo sob as cobertas, abraço Dirce, puxo-a para mim.

No escuro, sinto que ela se lança para trás com um grito sufocado, pondo as mãos contra meu peito. Então lhe sussurro: "Quer se casar comigo?". Passa um instante que me parece uma hora; depois ouço sua voz sussurrando com a típica desconfiança: "O que aconteceu com você?". "Não aconteceu nada. Quero que a gente se case." Ela fica em silêncio mais um momento e então diz, com singular penetração: "Quanto a mim, a ideia me agrada, não peço nada além disso, apesar de que nada vai mudar depois, não acha? Para você é diferente, se vê que pensou nisso e entendeu que lhe convém: mas não há nada de mau". Depois, em tom carinhoso: "Bem, até mais, maridinho. Enquanto isso, por que não pega aquele maldito revólver e não vai jogá-lo no tanque do jardim público, aqui em frente? A essa hora não há ninguém, absolutamente ninguém. Vá e volte, e então vamos dar uma bela dormida, daquelas de marido e mulher".

Gaguejei a vida inteira

Saio de casa olhando à direita e à esquerda, para ver se "ele" está lá. Moro numa dessas ruas fechadas, ou seja, sem saída, margeada pelos jardins de três ou quatro casas, no máximo. Vejo apenas dois carros estacionados ao longo da calçada, e são carros de luxo, assim como todo o bairro. "Ele", ao contrário, usa para me seguir um utilitário que se mimetiza bem no tráfego urbano, mas que aqui, nesta rua de milionários, chamaria atenção como o carro de um milionário numa rua de gente pobre.

Vejo que não está. Entro no carro com uma sensação angustiante de frustração: sem "ele", o que posso fazer agora, nesta hora vazia do início da tarde? Na realidade, só saí por ele. Queria afrontá-lo. Obrigá-lo a uma explicação.

Mas olha lá: assim que viro à esquerda, ao acaso, enquanto ajusto o espelho retrovisor, lá está o carro dele me seguindo. É tão anônimo que, paradoxalmente, eu poderia distingui-lo entre mil. Olho de novo: vejo através do para-brisa o rosto "dele", igualmente anônimo. Mas antes de tudo é preciso entender o que é anônimo. Alguém poderia pensar, sei lá, em um tipo de funcionário público ou privado, vestido corretamente e sem cor. Não, anônimo hoje não é o funcionário; se tanto, o homem desempregado. "Ele" é anônimo nesse sentido. Barbudo, bigodudo, cabelos fartos, com um vistoso casaco xadrez rubro-negro e calça jeans, "ele" é realmente anônimo, há milhares como ele na cidade. É o novo anonimato, pitoresco, barulhento, extravagante. Poderia ser um bom rapaz, um assassino, um intelectual, qualquer um. Para mim é "ele", alguém que me segue e me espreita há uma semana, aonde quer que eu vá e a qualquer hora.

Mais uma vez, enquanto dirijo devagar para permitir que me siga, recapitulo os motivos pelos quais "ele" poderia me espreitar. Por fim, esses motivos se restringem a um só: sou filho único de um pai riquíssimo e por isso mesmo, provavelmente, muito odiado. Sendo assim, as hipóteses quanto ao objetivo da perseguição só podem ser duas: a hipótese, digamos assim, realista e a hipótese, digamos assim, simbólica. A primeira, é óbvio, implica um sequestro com o objetivo de fazer meu pai pagar um resgate de certo valor; a segunda, menos óbvia, implica um assassinato, visto que eu seria o símbolo de certa situação. Em síntese, pretende-se atingir por meu intermédio a sociedade da qual faço parte à minha revelia.

Ora, continuo pensando, eu me sinto e na verdade sou totalmente estranho a tudo isso. A tal ponto que não quis recorrer à polícia, porque de certo modo uma denúncia seria equivalente a um envolvimento. Não, nada de denúncia. Quero enfrentar meu perseguidor e mostrar a ele que está seguindo o homem errado, que não vai poder tirar nada de mim, nem dinheiro nem vingança.

Enquanto isso, vou dirigindo e de vez em quando ergo os olhos ao retrovisor para ver se me segue. Mas agora se apresentam duas dificuldades. A primeira é superável, trata-se do carro: se eu quiser enfrentá-lo, terei que estacionar e continuar a pé. Já a segunda é quase intransponível: minha gagueira. Sou gago em um grau quase absoluto, ou seja, raras vezes consigo ir além da primeira sílaba da frase. Gaguejo, gaguejo, e frequentemente a frase é completada por meu interlocutor, tão perspicaz quanto piedoso. Então aprovo com a cabeça, entusiasmado: não falei, mas me entenderam mesmo assim.

Mas com "ele" esse método não funciona. De fato, não posso esperar que meu assassino termine minhas frases. É verdade que hoje de manhã ele o fez; mas foi em circunstâncias que me fizeram temer pelo pior. Julguem vocês mesmos. Entrei numa agência de viagens para reservar uma passagem de avião para Londres, aonde vou para retomar meus estudos de física. Como eu só fazia repetir: "O qua... o qua... o qua...", "ele", que nesse meio-tempo se pôs ao meu lado diante do balcão, concluiu com uma cortesia sinistra: "O senhor quer dizer o quatro. Eu também gostaria de reservar um assento para o mesmo dia". Saí da agência bastante transtornado. Agora o tempo se encurtava não só para mim, mas também e sobretudo para "ele". Antes de minha partida, eu deveria obrigá-lo necessariamente a uma explicação.

Aí está a entrada da garagem subterrânea onde vou estacionar o carro. Dirijo devagar na imensa área em penumbra, lotada de carros alinhados em quarenta e cinco graus entre pilastras ciclópicas. Vejo que ele entrou na garagem atrás de mim e agora me segue a alguma distância. Percebo duas vagas desocupadas, viro bruscamente, ponho o carro na fila. Ele também vira e vem estacionar no espaço vazio ao lado do meu. Por um instante, acho que terei a explicação na garagem. Mas o deserto, o silêncio, a sombra do local me dissuadem; é o lugar perfeito para eliminar um homem e ir embora como se não fosse nada. De resto, "ele" não parece estar interessado na garagem. Desce do carro, fecha a porta, segue à minha frente caminhando rápido entre um veículo e outro, desaparece. Será que a perseguição terminou? Tenho de mudar de ideia assim que chego à escada rolante que me leva do subterrâneo para a superfície. Ao baixar os olhos, vejo-o sendo transportado para o alto, aparentemente todo absorto, fumando pensativo.

Lá está a via Veneto. Começo a descer a rua com o ar de um estrangeiro que, após ter consumido uma refeição abundante e solitária, segue pela calçada mais famosa de Roma com a intenção de abordar, ou melhor, de ser abordado por uma passante desocupada. Está claro que não sinto nenhum desejo desse tipo. Mas a ideia de me comportar como se eu procurasse uma mulher me agrada, porque aos meus olhos confirma meu já mencionado estranhamento total quanto ao sistema que desencadeou a perseguição dos últimos dias.

Penso essas coisas e então, de repente, eis que noto a mulher que finjo procurar bem diante de mim, ali, alguns passos à minha frente. É jovem, mas tem algo de cansado no rosto e na figura, algo de desesperançado e sutilmente impuro. Loura, a cor dos cabelos parece se espalhar pelo rosto e o pescoço, dourados por recentes banhos de mar, e também pela roupa, uma espécie de túnica de um amarelo apagado, de folha morta. Caminha balançando os quadris mais que o normal; mas até esse chamariz profissional parece ser executado com cansaço e desânimo. Depois, com uma tática previsível, ela para diante da vitrine de uma loja qualquer e tenta fisgar meu olhar com o seu. Bem nesse momento entrevejo meu perseguidor barbudo, que se demora com ar de entendedor na frente de uma pilha de livros ingleses de bolso em uma banca de jornal. Então uma ideia me ocorre. Acrescento: uma ideia de gago que, na impossibilidade de se comunicar com a palavra, recorre à linguagem figurada, metafórica. Agora vou parar a mulher e me servir dela como se fosse um sinal simbólico, a fim de transmitir uma mensagem ao sistema inimigo que me quer sequestrar ou matar.

Dito e feito. Chego perto dela e lhe digo: "Está livre? Podemos ir juntos a algum lugar?".

Milagre! Tudo aconteceu com tanta naturalidade que nem me dei conta de que, pela primeira vez na vida, não gaguejei. Talvez a tensão própria de uma circunstância excepcional e ameaçadora tenha varrido a gagueira para longe. Eu falei! Eu falei! Eu falei! Experimento uma alegria imensa e profunda; ao mesmo tempo, uma enorme gratidão por aquela mulher: como se a tivesse procurado a vida toda e finalmente a encontrasse, justo ali, na calçada da via Veneto. Embriagado de alegria, mal me dou conta de que a mulher responde: "Vamos para minha casa, aqui ao lado". Dou-lhe o braço e ela aperta o seu contra minha mão, num gesto de cumplicidade. Caminhamos não sei como por uns dez minutos. Agora estamos em uma ruazinha deserta, cheia de prédios antigos e modestos. Subimos dois andares a pé, a mulher tira uma chave da bolsa, abre a porta, me introduz em um vestíbulo escuro e depois numa saleta cheia de luz. Vou até a janela que está aberta e vejo que "ele" continua ali, na rua, me olhando ostensivamente.

Agora a mulher está ao meu lado e me diz: "Vamos fechar a janela, não?". Então, em duas palavras, explico o que pretendo dela: "Está vendo aquele jovem ali, na calçada em frente? É um amigo meu, muito tímido com as mulheres. Bem, eu gostaria que você o provocasse, que lhe tirasse a timidez. Não lhe peço nada além disto: exibir-se na janela, só por um instante, nua, totalmente nua, sem nada por cima. Nesse instante, você será o símbolo de tudo aquilo que ele ignora".

A mulher aceita imediatamente: "Se você só quer isso...". Com um gesto grandioso, como se erguesse o sipário para um espetáculo excepcional e nunca visto, ela se inclina, pega a barra do vestido com as duas mãos e o levanta de golpe até os peitos. Para minha surpresa, noto que ela não veste nada por baixo, quase de forma premeditada, se diria. Nua dos pés até os seios, o pequeno ventre murcho e proeminente projetado com arrogância, ela se aproxima da janela e cola por um momento o púbis na vidraça. Vejo tudo isso do fundo do cômodo, com os olhos fixos nas costas magras e douradas. Então a mulher torna a baixar o vestido com cuidado e diz: "Pronto. Parece que agora seu amigo vai superar a timidez. Fez um sinal de que está subindo".

Ao ouvir essas palavras, é como se em minha cabeça vibrasse uma silenciosa explosão. Revejo a mim mesmo diante da vitrine, me lembro de ter captado uma estranha troca de olhares entre a mulher e meu perseguidor. Quis gritar: "Mas você conhece aquele homem, está de combinação com ele, me atraiu para uma armadilha".

Ah, mas nada disso sai de minha boca. Apenas gaguejo: "Vo... vo... vo...", apontando o dedo para a mulher.

Sem modificar o ar cansado e abatido, ela confirma: "Sim, eu, eu, eu... Mas agora seu amigo está aqui, já está batendo na porta: você fica aqui, enquanto vou abrir para ele". Assim falando, ela me empurra para um sofá e sai rapidamente. Logo em seguida escuto a chave girando na fechadura.

Então me aproximo da janela e me pergunto se não é o caso de pular para a rua, ainda que me custe a vida. Mas penso que não quero me salvar, e sim me explicar, ser compreendido, me comunicar. A luz tênue e indireta do céu nublado me ofusca, estou parado, encantado, devaneando. Estou dentro da vida a tal ponto que, daqui a pouco, talvez eu seja sequestrado e morto; e ao mesmo tempo estou fora, totalmente alheio. Vão entender? Farei com que ele me entenda? Enquanto isso, às minhas costas, a porta se abre.

As mãos em volta do pescoço

A esposa disse: "Aperte meu pescoço com as duas mãos. Não é estranho? Um homem grande e atlético como você com mãos tão pequenas? Aperte até juntar os dedos. Não tenha medo de me machucar, quero ver se consegue".

Timoteo saiu da sala de estar e foi se apoiar na balaustrada do terraço, de frente para o mar. O teto de palha era sustentado por duas toras de pínus levemente desbastadas, com umas lâminas de casca aqui e ali. Tinham mais ou menos o diâmetro do pescoço da mulher. Mecanicamente, ele envolveu um deles com as duas mãos, tentou juntar os dedos e não conseguiu. Então apoiou as mãos na balaustrada e olhou o mar.

Um nimbo escuro e oblíquo, parecendo uma cortina erguida apenas de um lado, estava suspenso sobre a superfície marinha que se mostrava quase negra, com reflexos verdes e roxos salpicados aqui e ali por frágeis cristas de espuma branca. As espumas surgiam, corriam rapidamente sobre a água impelidas pelo vento e desapareciam, reabsorvidas. Timoteo pensou que dali a pouco cairia um temporal; era preciso livrar-se do corpo antes que começasse a chover. Mas como?

Diante da iminência da tempestade, sair para o mar com o bote e jogar o corpo ao largo com um peso atado ao pescoço ou aos pés era agora impossível; restava abrir uma cova. Mas ele devia se apressar, porque cavar uma cova debaixo de chuva não seria nada fácil, muito menos agradável. A cova se encheria de água; as paredes de areia encharcada desabariam. E a chuva fustigaria seu rosto com raiva.

Por um momento, ficou ainda olhando o mar que ia escurecendo cada vez mais e então tentou de novo envolver a tora com as duas mãos, quase esperando que dessa vez conseguisse juntar os dedos. Mas os dedos continuaram distantes uns dos outros, pelo menos um centímetro. Timoteo voltou à sala de estar e foi para a cozinha.

A esposa estava em pé, diante do fogão, alta e desconjuntada, com aquele pescoço em formato de cone, mais largo na base que no alto, bem visível sob a massa indolente e compacta dos cabelos cheios. Timoteo olhou o pescoço: era forte, grosso, nervoso, quase com um leve inchaço na frente, como de bócio; no entanto, lhe pareceu bonito justamente porque expressivo. Expressivo de quê? De uma vontade de viver cega, instintiva, teimosa, altiva.

A camisola da mulher, de um tule todo amassado, tinha ficado com um vinco atrás, entre os glúteos arredondados: viera para a cozinha diretamente da cama, ainda sonolenta, sem se dar conta disso. Timoteo espichou o polegar e o indicador em pinça e liberou a camisola com um gesto leve e respeitoso, procurando não tocar o corpo. Depois disse: "Então ele lhe pedia para fazer amor em cima da mesa e você o satisfazia, hein? Me mostre como você fazia".

A esposa protestou: "Aconteceu muitos anos atrás, antes de eu te conhecer. Agora lhe veio essa fixação".

Timoteo insistiu: "Vamos, me deixe ver".

Ela deu de ombros, como se dissesse: "Já que você quer tanto!". Deixou o fogão, virou-se para a mesa e se inclinou em ângulo reto até esparramar no tampo de mármore o ventre, os seios e a face esquerda. Depois as mãos foram para trás e ergueram a camisola, descobrindo as nádegas brancas e oblongas, de forma oval. Nessa posição, aparecia sob os glúteos a fissura entre as coxas, escurecida pelos pentelhos castanhos. As pernas eram compridas, lisas, magras como as de um rapaz. Estava dobrada sobre a mesa, com as duas mãos espalmadas perto das orelhas, os olhos abertos, como à espera. Timoteo disse: "Você parece uma rã. E então ele apertava seu pescoço enquanto você ficava assim, dobrada sobre a mesa, ele pesando sobre você, os dois trepando?".

A mulher respondeu com a voz cansada: "Sim, ele queria que eu ficasse desse jeito, era mesmo uma fixação, como a sua". Depois de um momento, acrescentou: "Então, já que você não quer transar, e esse mármore me machuca a barriga, vou me levantar". Timoteo respondeu com raiva: "Levante-se"; e ela obedeceu, ajeitando com cuidado primeiro a camisola sobre as panturrilhas e em seguida aprumando os cabelos despenteados com uma sacudida de cabeça. Timoteo olhou de novo para ela, que, em pé diante do fogão, estava atenta à cafeteira; e constatou mais uma vez que o pescoço tinha uma forma cônica, com um leve inchaço na frente. O pescoço de uma mulher jovem e bonita, que qualquer homem seria capaz de circundar com as duas mãos. Mas ele não conseguia, tinha mãos muito pequenas.

A mulher disse: "O café está pronto. Comemos biscoitos ou você quer que eu faça torradas?". Timoteo respondeu: "Biscoitos. Mas onde foi parar a pá, aquela com o cabo pintado de verde?". A mulher respondeu que estava no armário das vassouras. Timoteo pegou a pá e saiu para o jardim.

Na frente da cozinha havia uma pequena área cimentada, com alguns vasos quebrados, garrafas vazias e latas abertas. Para além dessa área, um grande canteiro onde Timoteo tinha a intenção de plantar pitósporos. Mais além se erguia a encosta arenosa da duna. No canteiro, por causa da secura, o terreno arenoso se mostrava cinzento e friável, quase uma poeira.

O corpo estava ali, onde ele o havia colocado durante a noite: supino, as pernas e os braços abertos, a cabeça revirada para trás. Na falta da pá, que não tinha conseguido encontrar, ele havia recolhido a terra com as mãos e a espalhara aos punhados sobre o corpo, como se tivesse querido não tanto recobri-lo, mas vesti-lo de pó.

De fato, ele apenas o cobrira com um véu, e de modo muito irregular: o rosto estava tapado, mas o pescoço emergia com aquela parte levemente inchada, que seus dedos não conseguiam circundar; os seios também despontavam da terra, como se saltassem de um estranho sutiã; o ventre estava cheio de terra, mas a barriga aparecia com sua forma convexa. Timoteo empunhou o cabo da pá e, com a ponta, desenhou no terreno o contorno da cova. Agora era preciso cavar dentro daquele contorno até uma profundidade de pelo menos meio metro. Timoteo começou a cavar com ímpeto.

A mulher apareceu na porta da cozinha e disse: "Às vezes você parece mesmo um louco. Nessa noite, por exemplo, primeiro me faz um interrogatório detalhado para saber de que jeito Girolamo e eu transávamos sobre a mesa: em que posição você ficava, como se inclinava, e ele, como ficava em cima de você, como apertava seu pescoço. Depois, exatamente como um louco, pega o revólver e desce para atirar naquele pobre vira-lata que estava revirando o lixo. Tudo bem, estamos numa casa isolada; mas imagine se você tivesse matado um homem! Agora pare de cavar, depois você o enterra, venha tomar o café". Timoteo respondeu: "Quero terminar a cova antes que venha o temporal".

A cozinha estava escura, a mulher se sentava com os olhos fixos na mesa, meditativa. Timoteo perguntou irritado: "Pode-se saber no que você está pensando?". "Estou pensando no que a gente estava fazendo no momento em que você escutou o cachorro e saiu da cama e pegou o revólver feito um louco." "E o que a gente estava fazendo?" "Eu tinha pedido que você apertasse meu pescoço, como Girolamo fazia. De repente me espantei ao ver como suas mãos são pequenas. Ele podia circundar meu pescoço todo com os dedos; queria ver se você era capaz. Mas era só uma brincadeira. E aí você..." "Eu?" "Você fez uma cara terrível... Agora me faça o favor: se levante e coloque as mãos em volta do meu pescoço. Mas de modo que eu possa ver seus olhos. Quero ver se tem o mesmo olhar daquela noite."

Timoteo obedeceu, mas disse: "Você e essa sua fixação de que lhe apertem o pescoço". Levantou, ficou de pé ao lado da mulher e envolveu seu pescoço com as duas mãos. Ela jogou a cabeça para trás e o fixou nos olhos: "Não, você não está com o mesmo olhar terrível..."; interrompeu-se, tirou uma das mãos de Timoteo do pescoço e a beijou com fervor: "É tão bonito!".

Timoteo agarrou a mão e o pé esquerdos e puxou o corpo para si. Era bem pesado, mas se moveu: ao se movimentar, o pó que o velava sofreu como um terremoto: as partes arredondadas, já meio descobertas, emergiram totalmente; a terra desmoronou em minúsculos deslizamentos. Timoteo puxou mais uma vez, o corpo escorregou para dentro da cova e ali ficou, de flanco, com a cabeça virada para um lado, o rosto meio encoberto pelos cabelos, braços e pernas dobrados: parecia dormir.

Timoteo pegou a pá e começou a jogar terra na cova, primeiro nas pernas e depois subindo até a cabeça. Queria deixar descoberto até o último momento o pescoço, que agora podia ser visto de lado, da orelha até o peito: era a parte do corpo dela que mais o atraía, por aquela força e nervuras soberbas, animalescas.

A mulher disse: "Vamos, não fique refletindo assim, de olhos arregalados. Está pensando em quê? No cachorro? Pobrezinho, não devíamos mais deixar a lata de lixo fora durante a noite. A gente sabe, esta praia está cheia de cachorros soltos por aí, abandonados pelos donos quando voltam para Roma no fim das férias. Vamos, tome seu café e vamos dar uma caminhada na praia antes que chegue o temporal. É tão bom caminhar na praia pela areia, debaixo da chuva".

Agora a cova estava cheia de terra; mas era uma terra quebradiça e escura, que formava um monte visível, seja porque se erguia em um terreno plano, seja porque era de uma cor diferente. Timoteo hesitou e então subiu no monte e o pisou cuidadosamente, até o terreno ficar nivelado. Depois pegou a terra cinzenta com a pá e a espalhou de modo uniforme sobre a cova, a fim de ocultar o tom mais escuro da terra removida.

A mulher disse: "Vamos". Timoteo perguntou: "Mas você não vai se trocar? Ainda está de camisola". Ela deu de ombros: "E daí? A camisola é uma roupa como qualquer outra". Timoteo não disse nada e a seguiu para fora da casa, em direção à escadinha que, através dos arbustos, conduzia da duna até o mar.

Nivelada e polvilhada de terra com zelo, a cova não era visível. Um horrível vira-lata amarelo e castanho despontou da duna e foi diretamente para a cova. Farejou e então, para alívio de Timoteo, foi erguer a pata bem adiante. Agora ele estava seguro: não só não se via a cova, mas também não se "sentia" o cheiro.

A mulher caminhava à sua frente, ao longo do mar, na areia ainda cinzenta e enxuta. As primeiras gotas de chuva começaram a esburacar a areia, cada vez mais densas. Depois um trovão rolou como uma enorme esfera de ferro sobre a superfície vítrea e ruidosa do mar. Agora as gotas, como reunidas pelo vento frio e violento, atingiam a mulher em rajadas. Ali onde caíam, o tule da camisola aderia ao corpo deixando transparecer a cor pálida da pele. A mulher mantinha a cabeça inclinada para o ombro; todo um lado do pescoço era visível até a orelha.

A esposa disse: "Aperte meu pescoço com as duas mãos. Não é estranho, um homem grande e atlético como você, com mãos tão pequenas! Aperte até juntar os dedos. Não tenha medo de me machucar, quero ver se consegue".

A mulher na casa do fiscal de alfândega

Sou um homem da ordem não só psicologicamente, mas também no aspecto profissional: trabalho como fiscal aduaneiro no aeroporto. Porém, como todos os homens da ordem, gosto de às vezes me esquecer da ordem e deixar passar de contrabando a mercadoria da imaginação. Por isso dedico meus sábados e domingos a fantasiar. Tiro o uniforme, me deito na cama e fixo o pensamento em algo que recentemente me chamou atenção de modo especial. Hoje, assim que deitei na cama em meio ao silêncio da casa vazia, não demorei muito a encontrar o objeto que capturou minha imaginação nos últimos dias.

Era a mala de uma viajante madura, que deve ter sido bonita na juventude. O que me causou suspeita em relação a ela foi o comportamento constrangido, solícito demais para ser sincero. Dirigi-lhe a habitual pergunta sobre se havia algo a declarar, ela estremeceu como se eu tivesse pousado uma mão acusadora em seu ombro, apressou-se em repetir que não havia nada, absolutamente nada a declarar, apenas peças de vestuário. Eu a olhei com atenção: tinha um desses rostos desgastados, de traços finos e bem delineados mas insignificantes, em que o mais notável é o esforço para disfarçar a idade com artifícios: cabelos cacheados e volumosos sobre a testa e as orelhas; sombra nas pálpebras e sob os olhos; batom nos lábios e pó de arroz nas bochechas. E além disso uma expressão, como dizer?, patética, dolorosamente frívola e lisonjeira.

Vestia um monte de roupas, que no momento eu não soube distinguir muito bem; no meio da confusão, notei um lenço de pescoço, um sobretudo de veludo, um casaco de lã, uma malha, uma camiseta, um sutiã; tudo isso em cores e cortes variados. Talvez por seu complicado modo de trajar, talvez por sua insegurança, pensei que fosse uma assim chamada "aventureira", personagem literária, mas sempre atual, que podia significar qualquer coisa, desde drogas até espionagem. Ordenei secamente apontando sua mala elegante, dessas sanfonadas: "Abra esta". Ela objetou: "Mas se eu lhe disse que não tenho nada a declarar".

"Por favor, abra."

Ela suspirou, pegou um molho de chaves da bolsa e abriu a mala. Escancarei a bagagem com uma espécie de violência sádica e mergulhei as mãos dentro da mala. Continha uma bagunça de cortes de tule, de seda e de não sei quantos tecidos macios, leves e escorregadios, bagunça, como pensei, tipicamente feminina, porque nenhum homem teria a ideia de guardar as próprias coisas numa mala de modo tão promíscuo.

Eu vasculhava com as duas mãos todos esses cortes macios e levemente perfumados e enquanto isso refletia que as mulheres, mais que se vestirem, como fazem os homens, tendem a – como dizer? – se decorar; de fato, as roupas que vestem não aderem aos seus corpos, mas os envolvem de maneira sedutora e misteriosa, ocultando aquilo que existe, simulando o que não existe. E o que dizer sobre o fato – pensei, enquanto continuava vasculhando – de que as roupas das mulheres não ficam paradas no corpo, como acontece com as dos homens, mas se movem, tremulam, incham, desincham, esvoaçam constantemente? Ou, passando ao outro extremo, aderem até demais, e então o corpo feminino se mostra prisioneiro de uma porção de tecidos elásticos, jarreteiras, sutiãs, ligas e outros atavios parecidos. Portanto, ou o véu esvoaçante e agradável, ou a bainha estreita e hermética. Entre esses devaneios, terminei a inspeção sem encontrar nada e então tirei as mãos dos tecidos, fechei a mala e fiz uma cruzinha com o giz para indicar que a bagagem estava liberada. A mulher me agradeceu talvez excessivamente, com um sorriso largo e brilhante, e depois desapareceu atrás do carrinho de malas.

Agora, pensando nesse mínimo incidente, insisto de novo na diferença entre as roupas das mulheres e as dos homens. Por que essa diferença? O que leva as mulheres a se vestirem de modo tão diferente? Por que seus tecidos são cortados de modo a pôr em relevo as linhas curvas, ao passo que os dos homens tendem a criar uma linha reta? O que significa a preferência da mulher por tecidos leves, transparentes, macios, sedosos, esvoaçantes? Insisto nessas reflexões e por fim, virando e revirando sempre as mesmas perguntas na mente confusa, adormeço.

Durmo talvez meia hora; até que o som da campainha da porta, um ruído assustador que, por eu morar sozinho, escolhi muito forte, me faz pular da cama. Ouço por um instante, me perguntando quem pode estar me procurando a essa hora, numa tarde de domingo; então ponho camisa e casaco e, andando de pés descalços, vejo o vestíbulo e espreito pelo olho mágico.

Oh, uma mulher. Uma mulher de seus quarenta anos, com o rosto desgastado e de traços finos que, não sei bem o motivo, tenho a impressão de já ter visto. Então o sobretudo de veludo aberto sobre a camisa, os muitos adereços que lhe circundam o rosto e o lenço de pescoço mal amarrado me fazem compreender de repente onde eu já o tinha visto: dias atrás, no aeroporto, na chegada de um voo acho que de Madri. Abaixo o olhar e então, para confirmar minha lembrança, percebo a mala sanfonada que inspecionei tão demoradamente e em vão. Ponho a corrente, abro de leve a porta e pergunto: "Quem a senhora procura?".

Ela responde com uma intimidade desconcertante: "Procuro justamente você, esquisitão".

"Desculpe, mas não conheço a senhora, é a primeira vez que a vejo e..."

"Vamos, vamos, chega de conversa fiada, abra logo essa porta e me deixe entrar."

Fascinado com tanta segurança, solto a corrente e abro a porta. Ela entra e imediatamente uma onda de perfume me envolve, um perfume adocicado, forte e no entanto pungente, de algum modo picante. Entra com ímpeto num vivo movimento da ampla saia plissada e diz com voz vibrante: "Justamente você, Athos Canestrini, justamente você".

"Mas eu não a conheço, repito."

"De fato não me conhece, ou melhor, não quer me conhecer. Isso não impede que eu o procure."

"O que significa isso?"

"Bem, vou lhe dizer daqui a pouco. Mas enquanto isso me leve até o quarto."

"Não seria melhor irmos para a sala?"

"Ah, não, não. Precisamos ir ao quarto."

"Mas por quê?"

"Agora você vai ver."

Passo à frente dela e entro no quarto. É um cômodo espaçoso, com duas janelas; há uma cama de casal, um armário, uma cômoda, algumas cadeiras: os móveis de sempre. Ao entrar, ela diz logo: "Que quarto frio, austero e acima de tudo... mentiroso".

261

"Mentiroso, minha cara, mas por quê?"

"Porque na verdade você gostaria de um cômodo bem diferente."

"Como assim?"

"Um quarto, digamos, mais feminino. Mas agora vou ajeitá-lo para você, olhe."

Apoia a mala numa cadeira e começa a tirar de dentro dela um monte de objetos de toalete, que vai colocando um a um no tampo de mármore da cômoda: escovas, escovinhas, pentes, frascos, garrafinhas, caixas, caixinhas, vasinhos, estojos e assim por diante. Dispõe cada coisa em perfeita ordem, em volta do espelho. A mala parece inesgotável: quanto mais tira, mais está cheia. Finalmente diz: "Está pronto. Agora a cômoda não está mais tão triste".

Não digo nada, me limito a observá-la. E lá está ela, tirando da mala uma camisa comprida bordada de tule, uma anágua de seda e outras peças íntimas, que vai pendurando no cabideiro. Enquanto isso, num piscar de olhos, ela achou um jeito de espalhar meias, anáguas, camisetas, saias e não sei quantos indumentos sobre as cadeiras. Além disso, sempre recorrendo à mala mágica, ela tira um pijama preto, dois chinelos verdes, um robe cor-de-rosa. Virando-se para mim, diz satisfeita: "O que me diz? Não está melhor assim?".

Olho para ela estupefato. Ela acrescenta de pronto: "Venha aqui".

262

Eu me aproximo. Cá estamos nós dois, um ao lado do outro, diante do espelho da cômoda. Ela diz: "Olhe, olhe bem, não acha que a gente se parece?".

Olho e reconheço que ela tem razão. Temos os mesmos traços, os mesmos olhos, o mesmo nariz, a mesma boca. Seríamos ainda mais parecidos se o rosto dela não tivesse aquela expressão frívola e patética, por sorte de todo ausente do meu. Ela diz com tranquilidade: "Entendeu agora? Eu sou você e você é eu. Ou seja, eu sou a versão feminina e você é a versão masculina do mesmo indivíduo, do mesmo Athos Canestrini. Bem, agora vou tirar a roupa, deitar na cama e descansar um pouco. E você pretende fazer o quê?".

Atordoado, balbucio: "Mas eu estou em minha casa, pretendo fazer o que sempre fiz até ontem: descansar, ler, refletir, quem sabe fantasiar".

"Fantasiar o quê? Que eu tomo seu lugar? Não é mais preciso: já está feito. De agora em diante, no aeroporto haverá a versão masculina de Athos Canestrini e, em casa, a versão feminina. E agora tchau, você precisa ir ao aeroporto, nos vemos hoje de noite."

"Mas o que você vai fazer em minha casa?"

"Isso é da minha conta, por que eu deveria lhe contar? De todo modo, vou torná-la mais alegre, mais acolhedora, mais frívola."

Enquanto isso, sem titubear, ela se despe; não tem vergonha de me mostrar um corpo em que o artifício, assim como no rosto, em vez de esconder, realça as marcas da idade. Penso que não há mais nada a fazer; saio do quarto seguido por sua voz, que me recomenda: "Feche bem a porta". Agora estou no vestíbulo. Assim que abro a porta, quase me choco contra um sujeito da espécie mais comum: moreno, cabelo desgrenhado, cara de traços grossos e sensuais, compleição atlética, que, com uma voz de forte entonação dialetal, me pergunta: "A sra. Canestrini?".

"Não há nenhuma sra. Canestrini aqui", e... acordo.

Assim, todo o tempo estive sonhando: aquela senhora da mala, no aeroporto, deve ter me causado uma grande impressão! Olhei meu quarto frio e triste de solteiro e disse a mim mesmo que, talvez, houvesse algo de verdadeiro em meu sonho: a aspiração inconsciente a ter uma casa mais habitada e habitável. Comecei a pensar nos embelezamentos que eu me privava de fazer: flores, quadros, bibelôs, tapetes, almofadas, tecidos e por aí vai. Entre essas agradáveis imaginações, peguei no sono de novo.

Olho na fenda:
Moravia diante da coisa feminina
ELIANE ROBERT MORAES

Fabula amatoria – foi com esse termo que a versão do *Index Librorum Prohibitorum* de 1952 justificou a inclusão de Alberto Moravia na lista de escritores proibidos pela Igreja Católica Romana. Valendo-se do "bom latim eclesiástico", como definiria o acusado três décadas depois da condenação, os censores do Santo Ofício concluíram que as fabulações sobre o amor em sua obra literária eram impróprias e heréticas, posto que seu "conteúdo lascivo e obsceno" ameaçava os mais sólidos dogmas da cristandade.

Palavras categóricas que pareciam fora do lugar em pleno século XX, e ainda mais nos anos do pós-guerra, quando a sensibilidade europeia passava por transformações decisivas, com grande impacto nas formas de viver e de fantasiar a sexualidade. Prova disso é que o austero índice, iniciado em 1559, entrava então em franco ocaso

POSFÁCIO 267

e, sendo aquela uma de suas últimas publicações, logo viria a ser abolido pelo papa Paulo VI, em 1966. Daí também que, passados dez anos da condenação de sua obra ao Index, o próprio Moravia avaliava a repercussão das reviravoltas sensíveis de seu tempo na seara literária, examinando a questão num breve e agudo ensaio intitulado "Erotismo e literatura", no qual afirma:

> O fato sexual na literatura moderna é, ou devia ser, não mais a tentação diabólica dos ascetas medievais nem a delícia quase gastronômica da burguesia oitocentista, mas tal qual se revela quando se consegue separá-lo tanto do horror moralista como do hedonismo vulgar: um ato de integração numa ordem cósmica e sobre-humana. Compreendido desse ponto de vista, o fato sexual é efetivamente qualquer coisa de mais elevado, de mais misterioso e de mais completo do amor; especialmente se se interpretar o amor como a simples relação físico-sentimental entre o homem e a mulher.[1]

Reconhece-se aí não só uma ponderação sobre o estado da arte em questão, mas também uma declaração de princípios que, embora já insinuada na obra inicial,

---

1   Alberto Moravia, "Erotismo e literatura". In: *O homem como fim*. Trad. Nunes Martinho. Lisboa: Ulisseia, 1964, p. 323.

passaria a norteá-la de modo ainda mais enfático daí em diante. De fato, conforme avança a segunda metade do século XX, com mudanças cada vez maiores no domínio do erotismo, a literatura de Moravia também muda de patamar no que se refere à exposição do "fato sexual", passando a comungar com demandas mais libertárias e – para desespero dos guardiões da moral – se revelar ainda mais lasciva e obscena.

Basta comparar seus primeiros e últimos escritos para se confirmar tal constatação. Note-se por exemplo que, se o erotismo já marca presença no romance de estreia do escritor – *Gli indifferenti* [Os indiferentes], de 1929 –, não é exatamente como matéria carnal que o sexo é ali convocado, mas como recurso psicológico. Sendo um livro que se propõe a investigar o esfacelamento da família burguesa à sombra da ascensão do fascismo na Itália, ele aborda de frente as tensões entre moralidade e desejo em personagens cuja situação existencial prevalece o tempo todo sobre a motivação libidinosa *stricto sensu*. Muito distinto é o que acontecerá em um romance tardio como *L'uomo che guarda* [O homem que olha], de 1985, que narra as obsessões cada vez mais bizarras de um voyeur assombrado por suas inclinações eróticas.

Talvez se possa dizer, retornando à expressão latina tão grata aos censores eclesiásticos, que a literatura de Moravia realiza os diversos sentidos atribuídos à *fabula amatoria*. Recorde-se que os dicionários tendem a conceder uma interessante gama de significados ao termo, em geral iniciando com "relativo ao amor, próprio ou característico do que expressa amor, amoroso", para avançar a "capaz de incitar, de estimular o amor, a sensualidade", e finalmente chegar pura e simplesmente a "erótico". De certa forma, essa progressão está suposta nas considerações do ensaio citado, que interroga as razões pelas quais "nunca pareceu ser tão necessário falar do fato sexual como na literatura moderna". A essa pergunta, diz ele, "responderemos com muita simplicidade, que o sexo, no mundo moderno, é sinônimo de amor", reiterando a recusa da cisão obsoleta entre amor e sexo para afirmar o imperativo físico-sentimental que une os amantes. Daí, portanto, sua conclusão definitiva de que "o amor na literatura moderna transformou-se em sexo"[2].

*

Assim como acontece com o erotismo em geral, a partir da década de 1970, uma modalidade sexual em particular e já sugerida em obras anteriores torna-se mais e mais pronunciada na produção de Moravia: o voyeurismo. Não seria equivocado afirmar que esse impulso é o elemento essencial da erótica do autor. Suas histórias quase sempre apresentam personagens masculinos que têm prazer em

2   Ibidem, p. 322.

observar secretamente corpos femininos nus, como se esse tipo de contemplação fosse absolutamente necessário para fazer nascer o desejo e, mais ainda, para efetivá-lo. Tal atitude tem como objetivo a revelação daquilo que tende a permanecer oculto, a saber: a vagina.

Ou, para dizer como o escritor, a fenda – termo que se repete nas páginas de *A coisa e outros contos*, deixando transparecer uma obstinada procura de palavras que possam dizer uma parte do corpo feminino cujo nome sempre escapa – e que, não raro, atende precisamente pelo nome de *coisa*. Não deixa de ser curioso, portanto, o fato de que, neste livro publicado originalmente em 1983, essa palavra genérica venha a ganhar inclusive o estatuto de título, por vezes associada ao próprio significante *fenda*, num conluio que só faz aumentar o mistério que envolve uma e outra.

Entende-se por que os contos nem sempre esclarecem os significados da *coisa* em questão, vez ou outra permanecendo em segredo, embora vinculados invariavelmente às "coisas do amor". É o caso da história das lascivas adolescentes lésbicas que se inspiram na poesia de Baudelaire, devotando especial atenção a cada verso do poema "Mulheres malditas": "líamos às escondidas *As flores do mal*, com uma curiosidade ardente que é própria da primeira adolescência (ambas tínhamos treze anos), que está sempre à procura de alguma coisa que ainda não sabe o que é e, no entanto, se sente predestinada a conhecer". Ora, o que as meninas do conto "A coisa" buscavam era de fato "alguma coisa de obscuro e indecifrável".

Em que pese essa aura misteriosa, não faltam na prosa moraviana cenas e descrições focadas no objeto privilegiado do olhar masculino. Os exemplos se multiplicam. Um dos mais candentes está no conto "O diabo não pode salvar o mundo", onde se flagra um personagem que, movido por uma "insaciável curiosidade pela feminilidade", dela se acerca com a ajuda de um diabo:

> Gualtieri vê Paola deitada sobre um sofá, na atitude de espera cativante da célebre Maja desnuda (eh, eh, eu sou um diabo culto) de Goya, isto é, com as duas mãos unidas atrás da nuca, o peito para fora, o ventre para dentro e as pernas bem fechadas. Está completamente nua; a única diferença em relação ao quadro famoso é que tive o cuidado de fazer de tal modo que a fenda branca, inchada e implume do sexo esteja bem visível, constitua o centro da visão.

A contemplação que o leva a comparar a cena vivida com um ícone da pintura europeia, a reiterar o privilégio do prazer voyeurístico, se repõe mais tarde na fruição de uma fotografia que captura um flagrante de nudez de uma jovem asiática:

No gesto de erguer o braço para sustentar o cesto, o tecido que lhe envolvia os quadris, e que constituía toda a sua vestimenta, se abrira na frente, dando a ver o sexo nu. Era um sexo de menina, ou seja, uma simples fenda branca, desprovida de pelos e com as bordas intumescidas; mas o comprimento da fenda era o de uma mulher adulta: começava pouco abaixo do umbigo e terminava sabe-se lá onde, entre as coxas.

É sempre essa coisa e sempre a mesma coisa que se repete indefinidamente para um olho que nada parece ver além dela, como se testemunha ainda no conto "A cicatriz da operação", cujo protagonista é um pintor que retrata tão somente os genitais femininos. Ao visitar seu ateliê no meio da noite, ele depara com as imagens de um corpo nu "que vinha pintando sempre igual, havia anos":

> Todos representavam a mesma coisa: um torso de mulher cortado na metade das coxas e pouco acima da cintura. O ventre era saliente, túmido, esticado como um tambor; o púbis, inchado e oblongo, da forma de uma ameixa, parecia dividido pela fissura rosa-ciclame do sexo e, em duas das pinturas, estava completamente depilado. Já no terceiro quadro os pelos tinham sido pintados, um por um, pretos, agudos e nítidos sobre a branca pele lustrosa, como de celuloide.

Igualmente obcecado pelo desejo de divisar a escorregadia coisa feminina, o viúvo de "A mulher da capa preta" confessa ter passado de uma "fase do enlevo fetichista" a "uma veleidade alucinatória" devido à "saudade de alguma coisa que a esposa tinha em comum com tantas outras mulheres". Recorda com ardor a primeira vez que viu "o sexo dela com tanta clareza e precisão", quando

> se inclinou até vislumbrar, entre os pelos crespos e louros, a fissura rosada e tortuosa do sexo. Os dois grandes lábios ainda estavam colados um ao outro, como adormecidos e mortiços; ele avançou a mão e com dois dedos delicadamente os separou, semelhantes às pétalas de uma flor prestes a se abrir. Agora apareceu o interior do sexo, de um rosa aceso e brilhante de fluidos, composto de várias camadas, como uma ferida informe e não cicatrizada que rasgara profundamente a carne. Era o sexo feminino ou o corte de uma faca afiada?

Tal qual uma epifania, a vista do "sexo entreaberto e informe, cruento e reluzente como uma ferida" passa a representar, para ele, um "símbolo misterioso e fascinante da feminilidade". Não é por outra razão que, ao evocar essa admiração primordial da vulva, "ele devaneia sobre uma coisa que vai muito além da pessoa, algo de que a esposa foi apenas a depositária enquanto viveu". Como que realizando aquele "ato de integração numa ordem cósmica e sobre-humana" ao qual alude em seu ensaio de 1961, o personagem "pensa então que fez amor não mais com uma mulher de carne e osso, mas com alguma coisa de infinitamente mais real, ainda que incorpórea".

Que coisa é essa, afinal? Um mero "sexo nu" ou "uma simples fenda branca, desprovida de pelos e com as bordas intumescidas"? O "sexo sonhado por ele a vida inteira", ou aquilo "que há de diabólico no sexo de uma mulher", tal qual se lê nas páginas de *A coisa*? Ou então, "uma pequena boca vertical com lábios vermelhos bem definidos", como a descreve no romance *La donna leopardo* [A mulher leopardo]? Ou, ainda, o suposto molusco da "concha marinha pálida e rosa" descrita por Mallarmé num poema lésbico de 1864 que alucina o voyeur de *L'uomo che guarda*?

Difícil responder. As estranhas imagens da vulva que proliferam nas ficções de Moravia atestam não exatamente o óbvio acúmulo que preside uma obsessão, mas sobretudo a insuficiência de sua figuração. O que elas mostram, no limite, é sempre essa "coisa de infinitamente mais real, ainda que incorpórea".

*

Moravia foi leitor e admirador dos dois autores mais importantes da moderna história da sexualidade: Sade e Freud. Refletiu e escreveu sobre eles em sua obra ensaística, destacando a posição de ambos como pioneiros no entendimento da vida erótica. Mais que tudo, reconheceu a influência de um e de outro na literatura do século XX e, em especial, o débito particular de sua própria ficção para com eles.

O primeiro contato do escritor com a obra freudiana foi aos dezoito anos de idade, quando leu, em francês, a *Introdução à psicanálise* na edição da Payot. Mais tarde, num ensaio de 1946, ele afirmou que "conhecia Freud, ou pelo menos era freudiano sem o saber, mesmo antes de tê-lo lido, através de experiências que [o] tinham convencido da grande importância do fator sexual na arte. Entenda-se, porém, que para a arte conta muito menos o fator sexual, que sempre existiu, que o conhecimento de sua importância". Teria sido esse, em sua opinião, o papel fundamental de Freud, como reiterou inúmeras vezes e em diversos sentidos ao longo de toda a vida, sempre a enfatizar a função libertadora da psicanálise, que, "por um lado, violou os tabus; por outro, elevou o fator sexual da ignomínia onde caíra devido aos tabus, e o alinhou entre os poucos modos de expressão e de comunhão de que dispõe o homem"[3].

Em entrevista concedida a Nello Ajello já nos últimos anos de vida, o autor retomou o mesmo juízo, ampliando-o dentro de uma perspectiva histórica. Não foi por

---

3   Alberto Moravia, "A psicanálise". In: *O homem como fim*, op. cit., p. 77.

acaso, observou ele, que a consagração de Freud tenha coincidido com a crise de valores que assombrou a Europa a partir da Primeira Guerra Mundial. Nascido em 1907, o escritor testemunhou a derrocada da "visão idealista da sociedade que a burguesia do século XIX concebera e divulgara", quando "perderam valor todas as moedas espirituais que havia posto em circulação". Para ele,

> a única que conservou certo valor foi o papel-moeda do sexo; podia-se ir ao banco e retirar seu equivalente em realidade. Nisto Freud foi ao mesmo tempo efeito e causa: concebeu uma visão de mundo no momento exato em que ela confluía com movimento real na psicologia coletiva. Foi nessa atmosfera que me formei. Assim se explica minha tendência de artista aos problemas do sexo.[4]

Palavras como essas ganham ainda mais força quando lidas à luz da refinada abordagem psicanalítica que se faz descobrir na literatura moraviana e que, nesta coletânea em particular, se comprova em textos como "As mãos em volta do pescoço", "Minha filha também se chama Giulia" ou no já citado "A mulher da capa preta". Seria o caso

---

4   Id., *Entrevista sobre o escritor incômodo – realizada por Nello Ajello*. Trad. Pedro Garcez Ghirardi. São Paulo: Civilização Brasileira, 1986, p. 157.

de se acrescentar a tais exemplos o inquietante "O cinto", não fosse o fato de que, além de Freud, o conto revela a influência igualmente intensa de Sade na imaginação de Moravia. Lado a lado, os dois grandes pensadores modernos que afirmaram a centralidade da vida sexual na experiência humana sustentam as bases de uma trama obscura, determinada a explorar os aspectos mais impiedosos do desejo, sem ceder a qualquer consolo religioso e muito menos moral.

Embora se possa dizer que Moravia dá mais atenção ao fundador da psicanálise do que ao criador de *120 dias de Sodoma*, a afirmação fraqueja quando se lê seu excelente prefácio às *Opere de D. A. F. de Sade*, publicadas em 1976 na coleção Grandes Clássicos da Mondadori. Já nas primeiras páginas do ensaio, o escritor italiano rende homenagem aos seus dois inspiradores, interrogando a tópica do "mal inscrito na natureza" para concluir que ambos os autores a identificam na sexualidade: "Para Sade, assim como para Freud, só pode ser o sexo. Com a diferença, porém, de que Freud quer que o obscuro teatro sexual seja iluminado pelas luzes da razão; enquanto Sade pede à razão, não para iluminar o sexo, mas para torná-lo ainda mais poderoso e mais sistemático"[5].

5   Alberto Moravia, "Prefazione". In: *Opere de D. A. F. de Sade – A cura di Paolo Caruso*. Milão: Arnoldo Mondadori, 1976, p. XXI.

Não cabe aqui desenvolver tais considerações que, por certo, abrem caminhos promissores para se conhecer a erótica moraviana. Contudo, talvez se possa ao menos sugerir que, se a presença de Freud é mais marcante nos escritos ensaísticos do escritor, a de Sade com certeza se dispersa com maior potência nas suas páginas ficcionais, notadamente na produção tardia, que amplia sobremaneira o impulso voyeurístico. É na literatura, pois, que o autor de *Justine* deixa sua marca. Como bem observa Michel Erman: "A sequência ver, desejar e ter orgasmos nas histórias de Moravia supõe uma continuidade relacionada à própria natureza da narrativa que, não raro, é uma modalidade que nos faz ver coisas que estão ocultas". Lembra ainda o crítico que o narrador de *L'uomo che guarda*, professor de literatura, explica isso de modo muito claro no início do romance, ao se referir à obra de Proust: "O romancista nos faz ver o que ninguém poderia ver, a menos que fosse realmente um voyeur".[6]

Seria o caso, então, de se retornar à nudez feminina para interrogar o que ela mostra ao voyeur.

A princípio, muito pouco, é preciso admitir. Ou até mesmo nada, sobretudo quando se propõe a "mostrar tudo",

---

6 Michel Erman, "Moravia, Alberto". In: Gaëtan Brulotte; John Phillips (eds.), *Encyclopedia of Erotic Literature 2 – LZ*. Londres: Routledge, 2006, p. 929.

e talvez seja esse o seu escândalo maior. Afinal, o sexo da mulher, cavidade oca e voltada para dentro, não deixa ver muito mais que a fenda aberta em seu corpo. Mas o vazio que nela se evidencia não raro se associa àquele que repousa na origem e no horizonte de toda existência. Recorde-se que as interpretações psicanalíticas insistem nas convergências entre a visão dos genitais femininos e o temor da castração, sustentando que, no horizonte de suas representações, haveria sempre um terror primitivo, que traduz o pavor da ameaça de dissolução absoluta do ser. A nudez feminina mostra o nada.

Talvez seja esse o conhecimento secreto do voyeur. Não é pouco, convenhamos. Assim concebida, a imagem obsessiva da vulva deixa de ser apenas uma representação do sexo feminino, para se converter em um observatório a partir do qual se pode contemplar os mistérios do universo, incluindo o que está aquém ou além do próprio sexo. Diga-se, pois, de Alberto Moravia o que disse Italo Calvino sobre os autores que, mediante os símbolos sexuais, procuram fazer falar alguma outra coisa: "Essa coisa pode ser redefinida, em última instância, como outro eros, um eros último, fundamental, mítico, inalcançável".[7]

---

7   Italo Calvino, *Assunto encerrado – discursos sobre literatura e sociedade*. Trad. Roberta Barni. São Paulo: Companhia das Letras, 2009.

A *fabula amatoria* do criador de *A coisa* nasce da observação de uma incógnita para, então, divisar mundos e mundos.

Eliane Robert Moraes é crítica literária, professora de literatura na Universidade de São Paulo (USP) e pesquisadora do CNPq. Publicou diversos ensaios sobre o imaginário erótico na literatura, como *Lições de Sade* (2011) e *O corpo impossível* (2012), e organizou a *Antologia da poesia erótica brasileira* (2015), a *Seleta erótica de Mário de Andrade* (2022) e as coletâneas do conto erótico brasileiro *O corpo descoberto* (2018) e *O corpo desvelado* (2022).

Alberto Moravia é o pseudônimo de Alberto Pincherle, escritor, dramaturgo e jornalista italiano nascido em Roma no ano de 1907. Autor de *Os indiferentes* (1929), *Agostinho* (1945), *A romana* (1947) e *A desobediência* (1948), teve várias obras adaptadas para o cinema, como *O desprezo* (1954), por Jean-Luc Godard em 1963, e *O conformista* (1951), por Bernardo Bertolucci em 1970.

Considerado um dos melhores romancistas italianos, abordava em suas obras temas como o existencialismo, a sexualidade, a sociedade moderna e a alienação social, além de tecer críticas ao fascismo – que o levaram a ser censurado pelo regime de Mussolini.

Moravia foi casado com Elsa Morante, uma das escritoras italianas mais importantes do século XX. Depois de ter publicado centenas de contos, romances, peças de teatro, escritos sobre literatura, política, arte e cinema, e ter sido eleito deputado do Parlamento Europeu pelo Partido Comunista, Alberto Moravia faleceu em 1990, aos 82 anos.

EDIÇÃO DE TEXTO Julia Bussius
PREPARAÇÃO Débora Donadel
REVISÃO Ricardo Jensen de Oliveira, Huendel Viana e Tamara Sender
PROJETO GRÁFICO Laura Lotufo

DIRETOR-EXECUTIVO Fabiano Curi

EDITORIAL
Graziella Beting (diretora editorial)
Kaio Cassio (editor-assistente)
Gabrielly Saraiva (assistente editorial/direitos autorais)
Lilia Góes (produtora gráfica)

RELAÇÕES INSTITUCIONAIS E IMPRENSA Clara Dias
COMERCIAL Fábio Igaki
ADMINISTRATIVO Lilian Périgo
EXPEDIÇÃO Nelson Figueiredo
ATENDIMENTO AO CLIENTE/LIVRARIAS Roberta Malagodi
DIVULGAÇÃO/LIVRARIAS E ESCOLAS Rosália Meirelles

EDITORA CARAMBAIA
Av. São Luís, 86, cj. 182
01046-000 São Paulo SP
contato@carambaia.com.br
www.carambaia.com.br

copyright desta edição © Editora Carambaia, 2024
© Giunti Editore S.p.A./Bompiani, Firenze-Milano, 1983
Publicado originalmente pela Bompiani (Itália)
www.giunti.it www.bompiani.it

Título original: os contos desta edição foram selecionados da obra
La cosa e altri racconti [Milão, 1983]

Imagem da capa: Acervo Instituto Moreira Salles
Imagem do autor: BEIC Digital Library/Paolo Monti

CIP-BRASIL. CATALOGAÇÃO NA PUBLICAÇÃO
SINDICATO NACIONAL DOS EDITORES DE LIVROS, RJ

M831c
Moravia, Alberto, 1907-1990
A coisa e outros contos / Alberto Moravia ;
tradução Maurício Santana Dias ;
[curadoria da coleção e posfácio Eliane Robert Moraes].
1. ed. – São Paulo : Carambaia, 2024.
288 p. ; 18 cm   (Sete chaves; 3)

Tradução de: *La cosa e altri racconti*
posfácio
ISBN 978-65-5461-075-9

1. Ficção italiana. 2. Contos italianos.
I. Dias, Maurício Santana. II. Moraes, Eliane Robert.
III. Título. IV. Série.

24-92543   CDD: 853   CDU: 82-3(450)
Gabriela Faray Ferreira Lopes – Bibliotecária CRB-7/6643

Questo libro è stato tradotto grazie a un contributo del Ministero degli Affari Esteri e della Cooperazione Internazionale Italiano.

Obra traduzida com a contribuição do Ministério das Relações Exteriores e da Cooperação Internacional da Itália.

COLEÇÃO SETE CHAVES

Rosa mística Marosa di Giorgio
Cinema Orly Luís Capucho
A coisa Alberto Moravia

O projeto gráfico desta coleção foi inspirado nas estereoscopias eróticas que se difundiram na segunda metade do século XIX. Esse tipo de fotografia consistia na captura de um mesmo objeto duas vezes. No estereoscópio – uma câmara escura com aberturas apenas para os olhos –, as imagens eram exibidas lado a lado, criando a ilusão de uma cena tridimensional. Esse tipo de artefato logo se revelou útil para exibir, de maneira discreta e individual, cenas de corpos nus e imagens sensuais, algo considerado indecente e chocante. A citação à câmara estereoscópica remete, portanto, à ideia de proibição e segredo associada ao conteúdo dito licencioso do erotismo, unindo-se ao princípio da Coleção Sete Chaves.

Características da estereoscopia, as bordas arredondadas das fotografias aparecem nas imagens, assim como no formato do próprio livro, de cantos curvados. As famílias tipográficas utilizadas são a Flecha (2019), de Rui Abreu, para os títulos, e a Lygia (2017), de Flavia Zimbardi, para o texto principal. A Elza (2021), de Daniel Sabino, serve como fonte de apoio.

O volume foi impresso no papel Pólen Bold 70 g/m² na Geográfica em setembro de 2024.

*